나비
그림

| 일러두기 |

1. 이 책에서 번역한 작품들의 저본은 다음과 같다.

   히사오 주란(久生十蘭, 1902.4.6~1957.10.6.)의 「호반(湖畔)」과 「햄릿(ハムレット)」은 『일본 탐정소설전집 히사오 주란집(日本探偵小説全集 8 久生十蘭集)』(東京創元社, 1986).

   히사오 주란의 「나비 그림(蝶の絵)」은 『久生十蘭短編選』(岩波文庫, 2009).

   마키 이쓰마(牧逸馬, 1900.01.17.)의 「사라진 남자(上海された男)」와 「춤추는 말(舞馬)」, 하시 몬도(羽志主水, 1884.06.03~1957.02.26.)의 「감옥방(監獄部屋)」은 『일본탐정소설전집(日本探偵小説全集11 명작집1)』(東京創元社, 1996).

2. 고유 명사의 일본어 표기는 〈일본어 외래어 표기법〉을 따랐다.

3. 본문의 각주는 기본적으로 역자주이다.

일본 추리소설 시리즈

9

나비 그림

히사오 주란 · 마키 이쓰마 · 하시 몬도

이선윤 옮김

이상

차례

호반(湖畔)

히사오 주란

이번 여름, 부득이한 사정으로 하코네 아시노코 호반에 있는 미쓰이시의 별장에서 네 어머니를 죽였다. 그리고 다음 날 나는 자수하기 위해 도쿄 검사국을 찾아갔다.

나는 정신 쇠약이라는 심리 감정 결과를 받아서 무혐의로 풀려 났다. 그런데 한 달도 채 지나지 않아서 다시 예상 밖의 형을 치러 야 하는 처지가 되었다. 질서법을 위반했다는 이유로, 큰 처벌이 라고 해야 겨우 2년 정도의 징역형이었다. 나로서는 서둘러 자수 해서 형량을 줄이는 게 당연한 선택이었다. 하지만 자유로운 삶에 강한 집착을 보이던 나는 단 하루도 감옥 안에서 보내고 싶지 않 았다. 결국 나는 스스로 실종되기로 결심했다.

언젠가 너도 이해해 줄 거로 생각하지만, 나의 40년 인생은 마치 옛 도덕과 봉건사상의 범위 안에서 방황하는, 언쇼*제 크

* Thomas Earnshaw. 영국 시계 메이커

로노미터의 바늘 같았다. 나 자신 말고는 누구도 사랑하지 않고, 배려하지도 않았다. 오직 체면을 중시하는 일에만 급급한 경박한 생활을 이어갔다. 그러다가 최근에 우연히 한 부인을 통해 성실함의 의미를 깨달았다. 그리고 내 과거가 너무나도 허위에 차 있었음을 알았다. 나는 새로운 생활을 개척해 보려고 마음을 먹었지만, 의지박약인 내가 현실 사회 안에 있는 한 도저히 진실한 나를 찾을 수 없다는 생각이 들었다. 그래서 모든 인연을 끊고 죽은 것이나 다름없는 주민등록 말소자가 되기로 했다. 방랑자처럼 마음 가는 대로 순수한 여생을 보내고 싶었다.

실종되었다거나 죽은 것이나 다름없다고 해도 나 같은 사람은 사실 간단하지 않은 존재다. 나중에 생각지도 못한 회를 불러 너에게 피해가 가서는 안 되니 적당한 시기에 사망을 인정받을 수 있도록 필요한 처리를 해 두었다. 세상에서 꼭두각시나 다름없었던 나의 반생을 풍자하고, 나를 비운의 나락으로 침몰시킨 한심한 기질에 보복하기 위해서는 이것이야말로 절호의 방법이라고 생각했다. 그뿐만 아니라 너는 7년이라는 실종 기간을 기다리지 않고 상속자가 될 수 있고, 나는 빨리 사회로부터 망각된다는 점이 편리하기 때문이다.

나는 자필 증명서에서 마쓰오 하루미치를 너의 후견인으로 지정하고 보좌인으로는 사촌 형님 신지로를 위촉해 두었다. 두 사람 모두 청렴하고 친절한 사람들이니, 이분들이 돌봐 준다면 차질 없이 성년까지 성장하리라 생각한다. 두 살도 되지 않은 어린 너를 버리는 것은 비정하고 못 할 짓이지만 어쩔 수가 없다.

나와 내 정인이 새로운 생활을 시작하는 데 아무도 개입시킬 수 없다. 단, 버리기 위해 너를 낳은 것은 아니다. 너는 네 어머니의 사랑과 희망으로 태어났다. 여러 사정은 모두 그 후에 생긴 일이다. 나는 자식에 대한 아버지의 예의로, 이렇게 된 사정을 상세하기 기록해 둔다.

나는 1866년 1월에 오쿠다이라 마사타카의 후계자로서 나가사카 마쓰야마 성내에서 태어났다. 폐번치현 후에는 도쿄시 이치가야의 저택으로 이주하여 엄격한 봉건적 예법 속에서 자랐다.

너희 할아버지는 1861년에 유럽 사절단으로 유럽을 방문했다. 그분은 영국 체재 중에 영국의 대귀족과 교제하면서 그들의 관습에 심취해 나를 영국식의 오만하고 고집 센 귀족으로 만들겠다는 야망을 품은 것 같다. 그래서 내가 일곱 살이 된 봄부터는 데니슨이라는 교사를 고용해 영어와 서양 예법을 가르쳤다. 아버지는 내가 공부하는 것을 감시했는데 매일 밤 12시까지 나를 책상 앞에 끌어다 놓고 조금이라도 해이해지는 기색이 보이면 창칼로 위협하기도 했다. 따라서 나의 소년 시절은 죽지 않기 위해 안간힘을 쓰면서 지나갔다. 태생적으로 나는 고난을 헤쳐나가면서 분발하는 성격이 아니었다. 세상에서 책상에 붙어 있는 것만큼 싫은 일도 없었지만, 아버지에게 혼나지 않으려고 공부를 좋아하는 척하면서 그 자리를 어물어물 넘겼다. 뭐든지 겉으로만 꾸미고 대충 때워 버리는 불성실한 성격은 이미 이때 길러졌다.

아버지는 오만하고 자신감 넘치는 극단적인 귀족주의자로 입만 열면 신정부와 신귀족을 비난했고 구(舊) 다이묘(大名)*들 중 일인자라는 말에 의기양양해 했다. 1885년 봄에 아버지는 정부를 비방하는 내용을 담은 「천민정부」라는 소책자를 구 다이묘들에게 배포한 혐의로 가지바시 감옥에 끌려갔다. 출옥 후에는 구속 중에 발병한 염증성 통풍으로 고생했고, 짜증이 늘어서 야만에 가까운 태도를 보이기까지 했다. 강하게 충고하는 사람과는 심하게 다투어서 결국 모두 출입을 금지했다.

ㄱ해 가을 어느 날, 아버지가 나를 침실로 불러서 가 보니 아버지 표정이 상당히 어두웠다.

"너는 영국으로 가거라. 무엇을 배우든지 마음대로 해도 되지만 배운 것을 써먹어서는 안 된다"

갑작스럽게 말을 꺼낸 말속에는 아버지의 괴로움이 묻어 있었다.

"평생 거기서 살아도 상관없다. 내가 죽어도 귀국할 필요도 없어. 너의 앞날이 걱정되어서 눈을 못 감는 일은 없을 테니."

이렇게 말하고 아버지는 휙 반대쪽으로 몸을 돌렸다.

아버지는 귀족 정치를 꿈꾸며 나를 정계의 거물로 만들 작정이었지만 불가능하다는 걸 깨닫고 이런 자포자기적인 처분을 내린 것이다. 나도 딱히 아버지를 사랑하지 않았고 무엇보다 갑갑한 아버지의 그늘에서 해방되는 것이 감사한 일이어서 곧바

* 일본 헤이안 시대 말기에서 중세에 걸쳐 많은 영지를 가졌던 봉건 영주.

로 출국 준비에 들어갔다. 그해 12월에 요코하마에서 출항하는 영국선 메레이호를 타고 서둘러 일본을 떠났다.

다음 해 1월에 영국에 도착하여 처음에는 민스터의 그래머스쿨에 들어갔고 그 후 런던의 유니버시티 칼리지 법과에 들어갔다. 아무리 논다고 해도 그 정도 되는 대학에 적(籍)을 두지 않으면 체면이 서지 않겠다고 생각했을 뿐, 공부하려는 생각은 전혀 없었다. 영국에는 시끄러운 아버지도 친척도 없으니 근면 성실함을 뽐낼 필요도 없어서, 맘 편히 활개 치며 질이 좋지 않은 귀족 자제들과 섞여 방탕한 생활을 했다.

언젠가 사진을 보게 되겠지만 내 외모는 아버지를 많이 닮아 완고해 보인다. 숱이 많은 눈썹 아래에는 의심 많은 눈이 어둡게 빛나고, 매의 부리처럼 오만하게 꺾인 코와 냉정하게 꽉 다문 얇은 입술……. 나는 이 사나워 보이는 인상과 음울한 태도가 상대방을 불편하고 불쾌하게 한다는 사실을 어려서부터 잘 알고 있었다. 사실 아버지나 어머니뿐 아니라 할머니도 노골적으로 나를 기피하며 싫어했고 냉담하게 대했다. 내가 기억하는 한, 그분들은 단 한 번도 내게 다정한 말을 걸어준 적이 없었다. 그래서 나는 평생 누군가에게 사랑받는 일이 없을 것이라고 단정했고 허탈한 마음에 우울해했다. 그래도 나는 누군가에게 사랑받고 싶다는 생각을 얼마나 했는지 모른다. 만일 그런 상대를 만난다면 그 사람을 위해 언제든지 목숨을 버리겠다고 늘 마음속으로 맹세했다. 그때가 열두세 살 때 일이었다.

그 후 몇 번인가 누군가를 사랑한 적이 있었지만, 자신감을 잃고 위축된 나는 사랑을 확인하기도 전에 상처받을 때의 허탈함을 생각하고 먼저 상대를 차갑게 대하며 도망쳐 버리곤 했다. 외국에 간 후에는 더욱 우울하고 의심이 깊어져서 거침없이 난폭한 행동을 일삼아서 사람들은 나를 무서워하거나 싫어했다. 이런 나를 추종하고 이익을 취하려는 놈들은 있어도 마음을 여는 진정한 친구는 없었다. 넘치는 재산과 지위를 갖고도 다 타 버린 재처럼 공허한 생활을 보냈다.

알고 보면 나의 방탕함은 분명 겁이 많은 탓이었다. 순결한 사랑을 찾다가 실망할까 두려워다 돈으로 산 여자라면 처음부터 기대도 없으니 속더라도 화도 나지 않을 테고 그편이 나에게는 안심이 되었다. 채워지지 않는 마음을 그렇게 숨기려고 했던 것 같다. 나는 남들보다 훨씬 강하게 사랑을 갈망했고 방탕함도 훨씬 심해서 유흥에 탐닉하는 모습에는 나 자신도 눈을 가리고 싶을 정도였다. 기대하지 않는다면서도 창부에게 진심을 찾으려 하면서 밤낮으로 미쳐 있었던 것임이 틀림없다.

그런 식으로 이룬 것도 없이 14년의 세월을 보내 버렸다. 몇 년 전, 아버지도 돌아가시고 영국 생활에도 질려서 그해 겨울에 파리로 가 팟시라는 곳에서 체류했다. 그곳에서 산 지 얼마 지나지 않아 한 여자 때문에 프랑스 육군 장교와 결투를 하게 되었다. 그 자리에 나밖에 없었다면 빌며 애원이라도 해서 상황을 모면했겠지만, 운 나쁘게도 때마침 건너편 테이블에 공사관의 스즈키라는 서기관이 있었다. 별 수 없이 이제 죽었다고 생각하면서도 타고난 허세로 당당하게 결투를 승낙해 버렸다.

결투는 다음 날 롱샴이라는 곳에서 치러졌다. 먼저 상대방이 총을 쏘기 시작했는데 그때 나는 잔뜩 겁에 질려서 고개를 오른쪽으로 숙였기 때문에, 날아온 탄환이 오른쪽 관자놀이와 귓바퀴를 뚫고 목과 어깨 사이에 박혔다. 머리만 돌리지 않았다면 귀밑머리를 스친 정도에 그쳤을 텐데 비겁함 때문에 오히려 크게 당한 셈이다.

그 자리에서 병원으로 실려 가 바로 지혈 처치를 받았기에 겨우 목숨은 건졌다. 하지만 내 얼굴은 흉터로 흉칙해졌다. 반짝반짝 매끄럽게 빛나는 검붉은 흉터가 오른쪽 눈꼬리부터 관자놀이 일대에 튀어나왔다. 그 위에 예닐곱 가닥의 털이 듬성듬성 나 있었다. 찢어진 부분을 봉합한 오른쪽 눈은 무서울 정도로 치켜 올라갔다. 오른쪽 귓바퀴 대부분이 날아가 버리고 그 자리에 말린 조개가 매달린 것 같은 흉터만 남았다. 허영심이 강한 나는, 흉칙한 얼굴을 조금이라도 고쳐 보려고 밤낮으로 용모를 정돈하는 것에만 부심하였다. 그만큼 얼굴의 흉터는 나에게 견디기 어려운 고통을 안겨 주었다. 반년 사이에 도대체 거울을 몇 장이나 깨부쉈는지 모른다.

아니나 다를까 사람들은 추악한 내 얼굴을 무서워했다. 여기저기서 나를 비웃는 것이 느껴졌다. 어떻게든 슬픔을 딛고 외로움을 달래면서 버텨 보았지만, 마지막 자존심마저 무너지자 연애는 꿈도 꾸지 못했다. 아예 나에게 다정하게 대해 줄 사람이 나타날 거라는 기대조차 하지 않았다. 얼굴을 드러내기 싫어서 매일 집에 틀어박혀 있었다. 그러다 보니 상태는 더욱 나빠져 환각에 시달리고 대낮에도 헛것을 볼 정도로 정신이 불안정했다. 그래서 일단 귀국하기로 하고 11월 말에 마르세유에서 배에 올랐다. 항해 중에 한때는 회복되는 듯했지만 인도양의 더위에 지쳐 망상과 극심한 불안, 흥분 증상을 나타내는 섬망(譫妄)* 상태에 빠졌다. 그래서 요코하마에 입항하자마자 손발이 묶인 채 미치광이 취급을 받으며 정신병원으로 이송되었다. 그리고 상처를 입을 당시 초기 처치에 문제가 있었던 탓에 대학병원으로 옮겨져 재절개 수술을 받았다.

당시 사회 일반의 풍조는 자유주의의 경향을 띠었는데 그 기세는 되돌릴 수 없을 정도였다. 나는 사회 풍조에 반항하여 귀속의 권위를 알려야겠다고 생각했다. 그래서 보복적으로 입원 중에 '화족 번병론** 초안'이라는 글을 써서 시사신보에 투고했는데 예상 외로 호평을 불러일으켰다. 결투했던 일까지 과장되어 선전되었고 내 총상이 일본의 명예를 위해 싸우다 얻은 용감한 훈장으로 되어 버렸다.

그런데 사실은 어떤가? 얼굴에 난 상처는 남의 여자를 건드리다가 실패한 기념품이고, 기발한 글은 솔즈베리 경의 논문을 그대로 차용한 것일 뿐이다. 나는 우쭐해져서 영국인의 논설을 표절해 여러 차례 신문에 발표했는데 모두 엄청난 반응을 불러일으켰다. 겁쟁이에다가 무식 그 자체인 나는 괴팍한 불굴의 귀족 논객으로 나날이 명성을 높여갔다.

* 의식 장애(意識障碍)의 하나.
** 귀족을 지키는 울타리론.

수술 후 편두통은 크게 회복되었지만 매년 늦봄에서 초여름경이 되면 꼭 재발하곤 했다. 1892년 초여름, 신경질환에 좋다는 얘기를 듣고 요양 차 하코네의 소코쿠라 온천을 방문했다.

마침 6월 하순이었는데 창문에 기대서 바라보니 깊은 골짜기에서는 울창한 신록의 푸른 빛이 손에 묻어나올 것만 같았다. 앞쪽 절벽에서는 몇 줄기의 작은 폭포가 떨어지고 그 아래에서 요란한 물소리가 울렸다. 나는 머릿속이 시원해지는 것을 느끼며 눈앞의 풍경에 반해서 멍하니 바라보고 있는데 한 소녀가 절벽 좁은 곳에 걸린 나무다리를 건너왔다.

노란 바탕에 갈색 줄무늬가 있는 옷 위에 코트를 걸치고 머리에는 커다란 장미 무늬 장식을 꽂고 있었다. 온천장에서 입기에는 좀 답답해 보였으나 품위 있는 옷차림이어서 관심을 두고 바라보았다. 그러다가 문득 고개를 든 소녀가 나와 시선이 마주치자 볼을 붉혔다. 이내 그녀는 허리를 숙여 가볍게 인사를 하는 둥 마는 둥 하더니 숙소의 중정으로 들어갔다.

나이는 대략 18, 19세 정도, 새하얀 얼굴에 복숭아꽃 같은 빛을 띠었고, 눈썹은 조금 짙은 편에 눈썹 사이가 좁아 상당히 영리해 보였다. 입매는 야무져 보였고 높은 코의 양쪽에 있는 짙은 속눈썹의 큰 눈에서는 검은 눈동자가 초롱초롱 빛났다. 작가 다메나가가 그리는 백치미 넘치는 미인상이 아니라, 세련되면서도 우아한 아름다움 속에는 미묘한 위엄이 깃들여 있었다. 교양 넘치는 유럽의 숙녀에 비해서도 손색이 없었다.

첫눈에 반한다는 말이 있다. 셰익스피어의 희곡 〈로미오와 줄

리엣〉에서도 한 번 만나고 사랑이 이루어지는 경우를 증명했다. 내가 그 소녀를 본 순간의 감정이 바로 그런 경우라고 생각한다. 반했다는 말로는 부족하다. 솔직히 말하면 그 순간부터 홀린 듯하다. 보기 드문 그 소녀의 미모 때문이기도 했지만, 두려워하거나 피하려는 기색도 없이 나에게 친절하게 인사를 하는 것을 보고 표현할 수 없을 만큼 희열에 사로잡혔다. 메마른 내 마음에 미세한 희망이 싹텄기 때문에 이래저래 더욱 잊을 수 없었다.

그 후로 소녀의 모습이 눈에서 떠나지 않았다. 그녀의 모습은 꿈을 꿀 때조차도 잊히지 않았고 한 번 더 보고 싶다는 열망을 멈출 수 없었다. 십 대도 아닌 나이에 부끄럽지만, 하루 종일 창가에 기대어 서서 다리 쪽만 바라보았나.

나흘 정도 지났는데 소녀의 모습은 여전히 보이지 않는다. 우울했던 나는 눈을 즐겁게 해 주던 계곡 아래의 경치에도 아무 느낌이 없었고, 눈앞에 솟은 절벽도 머리를 짓누르는 것 같아 견딜 수 없었다. 잠깐 산책이나 하려고 혼자서 숙소를 나서서 고와쿠다니에서 로쿠도 지고쿠 쪽으로 빠져서 아시노코 호수 쪽으로 올라갔다.

날씨는 구름 하나 없이 청명하고 푸른빛 호수는 고풍스러운 거울처럼 맑게 펼쳐져 호수 표면에 하코네 미쿠니의 푸른 산등성이가 이어진 모습이 투영되었다. 오랜만에 운동을 하고 나니 몸과 마음이 맑아지는 것 같았다. 호반의 돌에 걸터앉아 우키시마 쪽을 바라보고 있는데 보트 한 척이 다가왔다. 열심히 노를 젓고 있는 사람은 하얀색 원피스를 입고 있었다. 길게 내린 머리를 담홍색 리본으로 묶었는데 바람에 리본이 휘날렸다. 분명 그 소녀였다.

눈으로 보면서도 믿기지 않아서 멍하니 바라보고 있는 사이에 보트는 점점 이쪽을 향해 왔다. 너무 떨려서 도망칠까 했는데 소녀는 내가 있는 쪽을 보고 예의 바르게 인사를 건넸다. 그리고는 서둘러 뱃머리를 돌려서 보트를 물가에 세웠다.

소녀는 흔들림 없는 눈빛으로 내 얼굴을 바라보며 사랑스럽게 고개를 살짝 숙이며 "안 타실래요?" 하고 싹싹하게 물었다.

그 몸짓이 얼마나 청초한 느낌으로 가득 찼는지, 얼마나 아름다운 서정이 넘쳐났는지 도저히 표현할 수 없었다. 활발하지만 너무 나대지는 않고, 순수하면서도 친근한 태도였다. 자신의 유쾌함을 나에게 나누어 주고 싶어 하는 것만 같았다.

나는 날아갈 듯 희열을 느꼈지만 본심을 들키는 것이 부끄러워서 "땡큐"라고만 말하고 일어나지는 않았다.

마음속은 갈등으로 가득했다. 내 무뚝뚝함이 소녀를 화나게 해 이대로 가 버리면 어쩌나…… 나는 발을 동동 구르고 싶을 정도로 초조했다.

"어머, 싫으세요? 타 보시죠, 정말 재미있어요."

소녀는 천진난만하게 눈을 크게 뜨며 말했다. 그리고 보조개가 들어간 앳된 얼굴로 내 쪽으로 손을 뻗었다.

나는 울음이 터질 것 같았지만 "그래요? 그렇게까지 말한다면 한번 타 보죠."라고 귀찮다는 듯이 보트에 올랐다.

소녀는 몸을 돌려 맞은편 자리에 나를 앉게 하고 "제가 좀 더

저을 테니까 피곤해지면 교대해 주세요."라며 생기 넘치는 손짓으로 노를 계속 저었다.

"음, 그렇군. 나한테 노를 젓게 하려고 태운 거구나."

내 말에 소녀는 사랑스럽게 고개를 끄덕였다.

"음, 그래요. 그러려고 했어요. 호토케가사키 쪽까지 가고 싶은데 도저히 거기까지는 저을 수가 없네요."

소녀는 아무렇지도 않게 말했다.

노를 저으면서 소녀는 아버지와 어머니, 그리고 자신이 다니는 여학교에 대해서 쉴 새 없이 이야기했다. 얼마 전 테니스 대회가 얼마나 재미있었는지 자세히 얘기할 때는 노 젓기를 멈추고 몸을 이리저리 움직이면서 경기 장면을 흉내 내기도 하였다.

활발함 속에도 어딘지 기품 있는 그녀의 모습을 가까이에서 보고 있자니 아름다움은 더 빛나서 정말 눈이 부실 정도였다. 나는 마치 꿈속인 듯 황홀하게 그 얼굴을 바라보면서 무심코 그녀의 목소리에 귀를 기울일 뿐이었다. 소녀는 내 얼굴을 보면서 터져 나오는 웃음을 참으며 말했다.

"당신은 백작이라면서요. 오랫동안 외국에 계셨고 또 저명한 학자이시고요."

나는 한심하고 겁이 많으면서도 잘난 척하고 싶어 하는 남자였다. 가문은 상당한 자랑거리이기도 했기에 이 질문이 매우 기뻤지만 마치 아무것도 아니라는 듯이 물었다.

"음…… 글쎄, 고루한 영주 같은 거지. 누구한테 들었지?"

"숙소에서 모두들 얘기하던데요. 듣기 싫어도 귀에 들어와요."

소녀는 이렇게 대답하고 불쑥 "댁의 얼굴 상처는 어떻게 된 거예요?"라고 묻기 시작했다. 내게 얼굴의 상처를 누가 언급하는 것처럼 불쾌한 것은 없었다. 그래서 무심코 험악하게 눈썹을 찡그리며 따지듯 말했다.

"왜 그런 걸 묻지？"

소녀는 내 말투의 변화를 눈치채지 못한 듯이 대답했다.

"숙소에서는 전쟁에서 부상을 입으신 걸 거라고 얘기해요. 귀족이 전쟁에 나가서 탄환을 맞는 것은 대단한 거라고 하던데요."

소녀는 다시 내 얼굴을 찬찬히 들여다보았다. 아이들 같은 호기심에서 그저 사실을 확인해 보고 싶다며 내 대답을 기다렸다. 나는 갑자기 뭐라고 대답하지도 못했다.

"웨이하이 전투에서 적의 포대 공격을 당해서 그랬지. 보기 흉하지, 상당히 무서울 거야."

대충 농담으로 얼버무리자 소녀는 진지한 얼굴로 "무섭긴 뭐가 무서워요, 용감하고 멋있게 보이는 걸요."라며 고개를 끄덕였다.

소녀는 내 얼굴에 대해 아무렇지도 않게 생각했다. 나에게는 정말 기대하지도 못한 일이었다. 오랫동안 쌓인 울분이 한순간에 풀리는 것 같은 기분이 들었다. 평생 이때처럼 가슴이 탁 트인 듯 시원한 기분이 들었던 적은 없다. 솔직한 남자였다면 감사한 마음으로 소녀의 손을 잡았을 텐데 결과가 좋지 못할 것을 알면서도 하지 않고는 못 견디는 성격인 나는 오히려 독한 말투로 "꽤 듣기 좋은 소리를 하는구나. 상당히 붙임성이 좋은 편이네."

라며 비꼬는 듯 말했다.

　얼마나 구김 없이 자랐는지 소녀는 그렇게까지 답답하게 구는 나에게 짜증 내지 않고 다음 날부터는 매일같이 내 방으로 놀러왔다. 때로는 안뜰에서 말을 걸어와 산책을 가자고 하기도 했다. 장난을 치다가 점차 친해져서 내 방에서 식사까지 하게 되었다. 지금까지 우울하게만 느껴지던 세상이 갑자기 재미있고, 생각지도 않던 유쾌함으로 머리가 맑아졌다. 더욱 이 소녀를 아내로 맞으면 어떨까 하고 생각해 보았다.

　소녀는 요코하마에서 생사(生絲)를 취급하는 중간상인의 둘째 딸로 이름은 스에였고 당시 열여덟 살에 사쿠라이 여학교 4학년이었다.

　내 허영심과는 별개로 일단 훈장이나 작위를 달고 있는 이상은 그에 걸맞은 격식이라는 것이 있어서 마음에 든다고 무작정 일을 저지를 수는 없는 법이다. 하지만 갑작스럽게 신귀족이 된 사람들 중에는 게이샤 출신에게 귀족풍 예복을 입히고 뻔뻔하게 정실 부인 자리에 앉히는 자도 있다. 그에 비하면 훨씬 말은 된다. 스에의 아버님은 옛 상인 근성을 지닌 분으로 내 앞에서는 쉽게 얼굴도 들지 못하니 내 영향력이 미치는 곳을 보여 주면 싫어하지는 않을 것이다. 그건 그렇다고 치고, 구혼하기 전에 스에가 나를 사랑하는지 확인하고 싶었다. 그녀의 마음을 알고 싶어서 질문이 목구멍까지 차올랐지만, 만일 차이기라도 한다면……그야말로 체면이 말이 아닐 것 같았다. 그래서 그런 말은 차마 꺼내지도 못하고 그냥 아내로 맞는 편이 무난할 것 같아서 본심을 털어놓지도 않은 채 일부러 무뚝뚝한 얼굴로 대했다.

이듬해 6월, 성대한 결혼식을 올리고 스에를 아내로 맞이했다. 바로 너희 어머니다.

결혼 기념으로 처음 스에를 만난 하코네 미쓰이시 호반에 별장을 신축하고 소상정(瀟湘亭)이라는 이름을 붙였다. 처음에는 애애정(愛愛亭)이라고 부르려고 현관까지 팠는데 사람들이 비웃을 것 같아서 그만두기로 했다.

신축하자마자 우리는 하코네로 가서 두 달 정도 오붓하게 지냈다. 스에는 더욱 활발한 모습을 보였고 천진난만한 놀이를 생각해 내어 하루 종일 어린아이처럼 뛰어다니며 놀았다.

나는 한 번도 처녀와 잠자리를 한 적이 없었다. 과거에 사귄 이들은 모두 매춘부 같은 여자들뿐이었기 때문에 진짜 숙녀란 얼마나 진실하고 애정이 깊은지 전혀 몰랐고 마음속 깊은 곳 따위는 도저히 간파할 수가 없었다. 나중에 생각해 보니 스에의 행동은 어두운 나의 기분을 조금이라도 명랑하게 해 주고 싶은 순진한 의도였다. 그런데 나는 스에의 행동을 교육을 제대로 못 받은 품성 탓이라고 해석하고 혹여 우리 가문의 누군가가 이런 장면을 보면 뭐라고 할까 걱정했다. 그래서 스에를 엄격한 규율에 따라 가르쳐서 귀족 부인다운 여자로 만들겠다고 결심했다. 이치가야 본가에 돌아오자마자 나는 바로 궁궐의 의례 담당 부서에 있는 신식 아가씨를 불러들여 스에게 영어와 서양 예법, 피아노와 승마까지 가르치게 하고 내가 직접 관리를 했다.

스에는 뭐든지 생각에 몰두하면 그것밖에 모르는 성격이라서 상류사회에 나가도 뒤떨어지지 않는 귀부인이 되겠다고 각오한 듯했다. 정해진 시간에도 만족하지 못하고 책상에 앉아 매일 밤을 새우다 보니 생기 넘치던 복숭앗빛은 점점 창백해지고 평소 쾌활했던 모습도 사라져 말수가 극히 적어졌다. 때때로 쓸쓸히 책상 앞에 앉아 한숨 쉬는 그녀의 모습이 눈에 띄었다. 말하자면 내가 바라던 여성이 된 것이다.

나는 스에를 깊이 사랑하고 잠시도 곁에서 떼어 놓고 싶지 않다고 생각하면서두 한편으로는 분명 이 여자도 작위나 권세를 동경해서 결혼했을 거라는 의심을 버리지 못했다. 비굴한 성격 탓에 애정을 노골적으로 표현하는 것이 왠지 어색해 권력의 힘을 빌려 난폭하게 멋대로 행동하고 때로는 이유 없이 때리기까지 했다. 또한 나는 원래 성적 욕구가 강한 편이었는데 스에가 경멸하는 것이 두려워서 일부러 욕구가 없이 결벽한 척 뽐냈다. 그래서 부부다운 밤을 보내는 것은 한 달에 한 번이나 두 번, 그 것도 억지로 의무인 것처럼 항상 대충 마쳐 버리곤 했다.

당시 일본과 러시아 관계는 상당히 긴박해서, 9월에는 러시아 공사 로젠과 고무라 전권대사가 회견을 했고 러일전쟁 개전은 피할 수 없는 상황이었다. 그래서 이런 시류를 살펴 또 허위로 명성을 떨쳐 보자고 생각하고, 고노 등의 대러 동지회에 호응하여 귀족들 중 먼저 나서서 개전론을 주장하였다. 이 일로 의도치 않게 분주해져서 나는 가정을 돌볼 겨를도 없이 바쁘게 다녔다.

그해 11월에 스에가 임신을 했다. 나는 스에가 더 성숙해지기를 기대하면서도 언제까지나 젊고 아름답기를 바랐다. 아이가 태어나서 스에의 애정이 아이에게로 기울 것이 두려워 당시 최신 학설인 요한 멘델의 유전 법칙에 대해 논하면서 스에의 교양이 완성되기 전까지는 절대 아이를 낳아서는 안 된다고도 했다. 나는 스에의 애절한 호소에 귀 기울이지 않고 단호하게 낙태를 강요했는데 이 계획은 보기 좋게 실패했다. 낙태를 위해 시도했던 수단들은 스에의 육체를 약하게 할 뿐, 다음 해 7월에 스에는 남자아이를 분만했다. 그 아이가 바로 너였다.

스에는 건강이 나빠지면서 악성 빈혈로 고생했는데 하루에도 몇 번이나 현기증으로 졸도할 정도였다. 9월 말에 산후 요양을 위해 간호사와 서너 명의 하녀를 붙여 하코네에 있는 별장으로 보냈다. 개전 후 나는 전쟁에 나간 병사들을 후원하기 위해서 화족회관에 휼병회(恤兵會) 사무소를 두고 일에 진력하느라 스에의 병문안도 자주 가지 않아서 다음 해 6월까지 겨우 두 번 정도가 보았다.

6월 10일에 휼병회 일로 오다와라에 있는 지인에게 들렀다가 돌아가는 길에 갑자기 하코네에 가 봐야겠다는 생각이 들어서 삼마이 다리에서 인력거를 탔다.

길을 재촉하여 8시경 별장에 도착했다. 별장 뒤편의 호반 쪽으로 난 문을 통해 재빨리 본채 쪽으로 가니 정원으로 난 일본식 방에 교교히 램프가 켜져 있고 많은 사람의 목소리가 들렸다.

정원수 사이로 들여다보니 예전부터 알고 지내던 히비키라는 여성 문학가, 유게라는 니로쿠신보사의 탐방 기자, 시인 기타무라 등의 무리가 교양 없이 소리를 지르며 화투를 하고 있었다. 그 주변에는 먹다 남은 그릇이며 도쿠리(德利)* 술병 등이 가득 흐트러져 있는 사이에 천박해 보이는 남녀가 다섯 명 정도 누워 있었다. 스에는 어디에 있는지 찾아보니 대충 머리를 묶고 단정치 못하게 겉옷을 걸치고 종아리가 보일 만큼 점잖지 못한 자세로 무릎을 세우고는 툇마루 기둥에 기대어 월금**을 연주하며 노래를 부르고 있었다.

전혀 예상치 못했던 광경이라 멍하니 보고 있는데 여우같은 인상이 청년이 휘 익어나서 말해다

"제군들은 문예계에 게재된 후타바테이 유메이(二葉亭四迷, 1864~1909)***의「4인 공산단」****을 읽었나?"

옆에 있던 한 명이 손을 흔들며 "평론은 됐어, 술이 상하겠어."라고 소리치니 아까 그 청년은 어깨를 들썩이며 웃었다.

"성급하게 굴지 말게. 후타바테이의 취향을 더 비꼬면 우리 하코네 공산단의 작품이 된다고. 내가 누워서 곰곰이 생각해 보니 호탕함이라고 하면 뭐니 뭐니 해도 히비키 여사지. 가라테로 먹살을 잡다니 정말 대단해. 특히 기타무라 선생은 말이야."

* 사케를 덜어 마시는 그릇의 일종으로 호리병 모양이 많이 사용되고 있다.
** 현악기의 하나로 둥근 울림통에 가늘고 긴 목을 달고 네 개의 현을 매었으며, 악기의 뒷면에 끈을 달아 어깨에 멜 수 있다.
*** 일본 최초의 리얼리즘 소설『뜬 구름』으로 근대 구어분체를 완성.『소설총론(小說總論)』(1886) 등 근대적 문학 이론을 발표했으며, 투르게네프, 고골리 등의 작품을 번역했다.
**** 후타바테이 시메이가 1904년에 번역 발표한 러시아의 자연주의 작가 포타펜코의 작품.

히비키는 왼손에 화투를 잡은 채로 그쪽을 돌아보며 "어, 오카야키 씨가 또 이상한 소리를 하고 있네, 사람을 놀리면 못써요."

툇마루에 있는 스에 쪽을 힐끗 바라보면서 "거기 계신 누군가처럼 아무렇지도 않은 얼굴로 몰래 드시는 거랑은 다르죠. 기가 막히네, 저는 이래 봬도 처녀라구요."

묘한 여운을 남기면서 말하며 빈손을 기타무라의 허리에 두르고, "기타무라 씨, 그렇게 듣고 있지만 말고 우리 본격적으로 사고 좀 쳐 볼까요?"라며 뭔가 묘한 행동을 했다.

일동은 소리를 지르며 부추긴다. 여학생 같은 옷차림을 한 여자가 몸을 주무르면서 일어났다.

"아아, 못 참겠어. 보기만 하니까 혈압이 오르겠어."

여자는 이렇게 말하고는 아까 그 여우 같은 남자 쪽으로 다가갔다.

"잠깐 산책하러 가요. 어때요? 좀 걸어 다니자구요."

여자는 남자의 손을 잡아 일으켜 세웠다. 여우는 여자가 하는 대로 일어났다.

"바람은 금빛 물결을 흔들고 멀리서 들려오는 목소리 있네. 뱃사공아, 어떻게 참겠는가, 오늘 밤 기분을…… 이봐, 바깥에 나가면 무서운 일이 생기는데, 괜찮겠어?"

여우 같은 남자는 정원으로 내려가서 손을 잡고 이쪽으로 다가왔다. 놀라서 호반 쪽으로 물러나자 여우 청년은 여학생의 옷속으로 손을 넣어 어깨를 안고 뒤엉키듯이 뒤쪽 숲속으로 들어갔다.

나는 수국이 피어 있는 덤불 속에 웅크린 채 숨을 죽였다. 생각하면 할수록 불순한 행동이라서 뛰어들어 혼내 줄까도 생각했지만, 잡배들에게 노기를 보이는 것도 교양 없는 짓이니 다들가고 난 후에 얘기하기로 생각을 바꾸었다. 그때까지 우키가시마에 사는 다카기라는 변호사 집에서 시간을 때우려고 했지만, 다카기는 마침 사이노가와라의 친구 집에 바둑을 두러 외출 중이라고 해서 어쩔 수 없이 호반의 금파루라는 요정에서 맛없는술을 마시면서 시간을 보냈다. 열한 시 정도 되어서 그 인간들도해산했으리라 생각하고 마당에서 바로 안채로 가 보니 해산은커녕 다들 모여 노래하며 떠들어서 아까보다 더 시끄러웠다. 이래서는 언제까지 기다려도 해결되지 않을 것 같아서 툇마루 쪽에서 안으로 들어갔다. 일동은 무척 당황해하며 놀라서 자리에서 일어나지도 못하고 번개라도 맞은 듯 그 자리에서 얼어붙었다. 조금 후 일하는 사람들도 집에서 달려 나왔다. 내가 아무 말도 없이 혼자서 갑자기 찾아온 것을 자신들의 추태를 추궁하러온 거로 생각한 듯, 복도에 엎드린 채 얼굴도 들지 못했다. 둘러보니 그 자리에 스에가 보이지 않아서 나로서는 언제까지 그런곳에서 서 있을 수도 없었다. 장지문을 열고 스에가 있는 거실쪽으로 가려는데 히비키가 내 겉옷을 잡았다.

"어르신, 어디로 가세요?"

그녀는 멍청한 소리를 하면서 무릎으로 기어 왔다.

"부인께서는 몸이 안 좋다고 하시면서 아까 주무시러 가셨어요."

그 말에 나는 응 하고 대답하고 다시 가려는데 히비키는 앞쪽으로 돌아와서 어린아이가 길 가로막기 놀이를 하듯이 양손을 벌리며 막아섰다.

"그, 저, 상당히 몸이 안 좋으신 것 같아요."

말도 행동도 수상해서 이건 분명 안쪽에서 무슨 일이 있는 거구나라는 생각이 들어 히비키를 제치고 안으로 돌진했다.

뒤에서 히비키가 비명을 질렀다. 어떻게 잘못되더라도 이런 자들 앞에서 흐트러진 행동을 할 리는 없지만 아까부터 참았던 답답함과 분노가 미미한 술기운과 함께 올라와서, 도저히 감정을 억제할 수가 없었다. 복도를 쾅쾅 걸으면서 스에의 침실로 가서 문손잡이에 손을 대 보니 안쪽으로 잠겨 있었다. 가만히 둘 수 없어서 복도에 있던 목재 화분 받침으로 문의 거울 부분을 깨부수기 시작했다. 그때 누군가 뒤에서 나를 잡고 문에서 떼어 놓으려고 했다. 그 사람이 화분 받침으로 머리를 맞아 깨지지 않은 것이 다행이었다.

너무 흥분해서 문을 부수고 방으로 들어가니 6폭짜리 병풍을 두른 안쪽에 밝게 스탠드형 램프가 켜 있고, 이불 위에는 베개가 두 개, 머리맡에는 도쿠리 술병과 작은 그릇 등이 놓여 있었다. 상대방은 창문에서 도망친 것 같았고 창가 다다미 위에 하얀 버선과 허리에 묶고 다니는 담뱃갑이 떨어져 있었다. 발을 들어 병풍을 차니 그 안에 인형처럼 하얗게 질린 스에가 체념한 듯 앉아 있었다. 속옷에 가슴 부분이 비쳐 보였는데 그 둥근 윤곽을 램프 불빛이 비치어 그림자를 만들어 냈다.

내 마음속에서 일어난 감정은 열등감이나 질투, 혹은 황홀이 뒤섞인 듯한 것이었다고 말할 수 있을 것이다. 그러나 그것도 한순간의 일로 가슴에는 야만스러운 격정이 찾아와 성큼성큼 스에에게 다가가서 어깨를 힘껏 걷어찼다. 스에는 아, 하고 외치고 파랗게 질려 쓰러졌다. 허벅지와 종아리도 다 드러난 앞자락을 여미려고도 하지 않은 채, 마치 죽은 것처럼 눈을 감고 있었다.

그러고 나서 어떤 소동을 일으켰는지는 하나도 기억나지 않는다. 여러 사람이 나의 어깨와 팔을 잡고 억지로 방 바깥으로 끌고 간 것만은 희미하게 기억에 남아 있다. 정신을 차리고 보니 나는 아무도 없는 마루에 혼자 누워서 식은땀을 흘리며 떨고 있었다.

새벽 한 시가 가까운 시각, 호수를 스치는 밤바람 외에는 아무 소리 없이 밤이 깊었다. 스에는 어떻게 되었을까, 하고 손뼉을 쳤지만 아무도 오지 않는다. 일하는 사람들이 있는 아래채로 가 보니 간호사와 도우미들이 무서워하며 죽은 듯 움츠리고 있었다. 아내는 어떻게 되었는지 물으니 모른다고만 하고 말이 통하지 않는다.

어떻게든 결말을 지어야 했기 때문에 저택 안을 찾아보았지만 스에는 아무 데도 없었다. 혹시 네 옆에 있나 하고 아기방이라고 부르는 별채를 들여다봤지만, 거기에도 없었다. 어쩔 수 없이 방으로 돌아와서 팔짱을 끼고 생각해 보았다. 내 마음속에 이는 감정은 분노도 비애도 질투도 아니었다. 그저 어떻게 체면을 지킬 수 있을까 하는 생각뿐이었다. 뜻밖의 결과로 전후 상황을 정리할 수도 없는 상태였는데, 고집 세고 지조가 굳다고 세간에 알려진 나에게 이런 사고는 재난보다 심한 일이었다. 모여 있던 일동 중에는 호기심이 왕성한 유게 등도 있었으니 내일 석간에는 부정적인 기사가 대대적으로 실릴 터였다. 내 이름이 기자 나부랭이의 펜 끝으로 갈기갈기 찢어지고 내 명성에 먹칠이 될 것을 생각하는 것만으로도 화가 나고 몸이 떨려 왔다.

미숙한 애송이라고 저급한 야유와 조롱을 받으면서 조용히 숨어 있을 수는 없으니 이에 대항하기 위해서는 간통으로 고소하게 될 텐데, 그것도 그다지 칭찬받을 일이 아니다. 사람들이 지켜보는 재판정에서 "네, 이 남자가 아내와 간통한 게 틀림없습니다."라고 진술하는 게 더 수치스러웠다.

나는 이러지도 저러지도 못하고 낙담한 채 안달하고 있었는데 이런 곤란한 상황이 된 것은 그때 대충 처리해 버렸기 때문이라는 생각이 들었다. 죽이지는 않더라도 격분해서 칼로 베거나 찔렀다면 일단 명분은 서고 비웃음을 사지도 않았을 텐데…… 안타까웠다. 제대로 일 처리를 못했다고 생각하니 흥분되어 그것 외에는 아무 생각도 나지 않았다. 결국 지금이라도 늦지 않았으니 마음먹고 해치워 버리자는 생각이 들었다. 사무라이처럼 목을 치는 것도 구식이고, 미친 생각이지만 그렇게라도 하지 않으면 면목을 지킬 방법이 없다. 이런 생각을 하다 보니 이기적 생각만 발달해서 어떻게든 해야겠다는 쪽으로 기울었다.

솔직히 말하자면 나의 진짜 기분은 그때 다른 쪽으로 움직이고 있었다. 간통 현장을 보았을 때는 당연히 격분했지만 스에가 불순한 일을 한 데에는 그렇게 만든 나에게도 반은 죄가 있다는 것을 알고 있었다. 나는 어렸을 때부터 실망하는 것에 익숙하고, 스에의 애정 따위는 처음부터 기대하지 않았기 때문에 역시 그렇구나 하고 생각할 뿐, 화도 나지 않았다. 물론 죽이고 싶을 만큼 미워하고 싶지도 않다. 그런 상황을 나 혼자 보고 아무것도 모른다는 절대적인 안도감이 들었다면 잘못을 꾸짖는 정도로 끝났을 것이다.

이렇게 보면 나라는 남자는 얼마나 비겁하고 잔혹하고 게다가 이기적인 인간인지 알 수 있다. 평판 때문에, 체면을 지키기 위해, 증오하지도 않는 아내를 죽이려고 한다. 인간은 돈 한 푼 때문에 사람을 죽이기도 한다. 그런 소행은 잔인하지만 내 경우만큼 비열하지는 않을 거로 생각한다.

내 마음은 격분 상태에서 깨어나 이미 냉정해져서 이런 기분으로는 죽일 수 없지만, 절체절명의 위기이니 하는 수밖에는 없다고 생각했다. 그때, 정원에 사람이 들어온 인기척이 났다. 얼굴을 들어보니, 잎이 무성하게 자란 소나무 밑 어둠 속에 스에가 서 있었다.

"이봐" 하고 말을 걸자 스에는 눈을 찢어질 듯 크게 뜨고 말없이 내 얼굴을 응시하였다.

스에는 기절하기 전에 이런 눈빛이 되곤 했다. 실신하여 쓰러진 사람을 죽일 수는 없다는 생각이 들어서 기절하지 못하게 "스에, 이쪽으로 와"라고 소리를 질렀다. 스에는 비틀거리며 방으로 올라와서 디다미에 양손을 짚고 머리를 숙였다.

"잘 돌아왔어. 돌아왔다면 돌아온 만큼 각오는 하고 왔겠지."

이렇게 말하자 스에는 네가 자고 있던 아기방 쪽을 힐끔 쳐다 보고는 얼굴을 숙이고 살짝 끄덕였다.

우키가시마의 다카기 집에 도착했을 때, 하얗게 날이 밝아오 기 시작했다. 새벽이슬에 무릎까지 온통 젖어서 다리가 저리는 것 같았다. 현관 초인종을 눌렀지만 아무도 나오지 않는다. 정 원에서 툇마루 쪽으로 돌아가 나막신 신은 발로 힘껏 덧문을 두드렸다.

"누구요?"

짜증 섞인 목소리가 들리고 덧문이 열리더니 다카기의 얼굴 이 보였다. 내 모습이 너무 심해 보였는지 아, 라고 하면서 방 안 으로 들어가려고 했다.

내가 마루로 올라가 양반다리를 하자, 다카기는 굳은 얼굴로 내 눈치를 보았다.

"스에가 괘씸한 짓을 해서 죽였네."

내가 불쑥 말을 꺼내자 다카기는 깜짝 놀랐다. 그는 숨을 삼키 며 턱 주위를 부들거리다가 눈을 둥글게 뜨고 "괘씸하다니, 도대 체 무슨 일인데요?"라고 멍청한 소리를 했다.

"밀회 현장을 잡고 죽여 버렸네."

"상대는요?"

"그걸 내가 어떻게 알겠나? 이제부터 도쿄 검사국에 자수하러 갈 테니 내 변호를 맡아서 무죄 판결을 받아주게."

다카기는 무릎에 손을 얹고 고개를 숙이고 생각하더니 잠시 후 너무 곤혹스러운 얼굴로 "저는 도저히 못 할 것 같습니다."라고 했다.

　다카기는 옛 사무라이 집안 출신으로 미국 필라델피아 대학을 졸업하고 아직 어리지만, 실력이 좋아서 법정에서 재판관과 승부를 겨뤄도 지지 않을 만한 재목인데 우유부단한 성격이라 중요한 대목에서 뒷걸음질을 치다가 실패만 했다. 늘 안타깝게 생각해왔기 때문에 화가 나서, "뭘 그렇게 결단을 못 내리나, 자네가 못할 게 뭐가 있어."라고 밀어붙이자 다카기는 양손으로 머리를 잡고 "아니에요, 저 따위한테는 도저히 안 될 어려운 건입니다. 승산이 없어요."라고 말했다.

　"그러니까 그걸 상담하자는 걸세. 아니면 못 맡을 만한 사정이라도 있는 건가?"

　다카기는 얼굴을 들어 "무슨 말씀을요, 그런 일이 뭐가 있겠습니까?"라고 하더니 팔짱을 낀 채 고민하는 듯이 보였다.

　"좋습니다. 부족하지만 열심히 해 보지요. 사실이라고 하면 놀랄 만한 일로, 그렇게 부인께 잘하셨는데 저쪽이 고마움을 저버린 셈이니 그 부분을 강조해서 반격한다면……."

　"그렇지, 스에를 얼마든지 비난해도 좋네. 자료가 모자라면 말을 맞춰서 사실을 날조해도 괜찮아. 그런데 그것만으로 무죄가 되겠나?"

　"아뇨, 그것만으로는 어렵습니다. 뭔가 위법성이 없어진 사실이라도 있다면 모르지만요."

"좋아, 그렇게 가기로 하지"

"그렇다고 해도 간단하지는 않을 겁니다. 그건 그렇다고 치고 당시 정황을 좀 여쭙겠습니다. 어떤 식으로 살해하신 겁니까?"

"목을 졸라서 죽였네."

"부인께서 살아나셨을 가능성은 없을까요? 자수하신 다음에 다시 정신이 돌아오시면 일이 복잡해지니까요."

"옷깃을 쥐고 목을 조르다 보니까 귀와 눈에서 피가 흘러나왔어. 절대 살아났을 리가 없네."

"왜 칼이나 피스톨을 안 쓰셨습니까?"

"갖고 있지 않았으니까."

"갑자기 흥분해서 그런 물건을 꺼낼 틈이 없으셨군요. 그건 좋습니다."

"이봐, 나는 흥분 따위는 하지 않았어. 아주 침착했지. 꺼내고 싶어도 별장에는 칼도 피스톨도 없었네."

"어쨌든 상관없습니다. 시체는 어떻게 하셨습니까?"

"보트에 싣고서 돌을 매달아 호수에 던졌어."

"왜 그런 일을 하신 겁니까? 왜 현장에 그대로 두지 않으셨어요?"

"너무 화가 나서 어쩔 수 없이 호수에 던져 버렸네."

"장소는 어디쯤입니까?"

"호토케가사키 앞쪽이네."

"그쪽은 아시노코 호수에서도 가장 깊은 곳이라서 한여름에도 수심이 이백 미터 이상인데 그걸 아시고 기기에 던진 겁니까?"

"그렇네. 그렇다면 상황이 안 좋아지나? 불리한 건가?"

"그렇다면 우발적 범행으로서 조건이 미심쩍어집니다. 그걸 알고서 했다는 건 안 됩니다. 저택에 두기는 찜찜해서 호반까지 끌고 가서 정신없이 밀어서 떨어뜨렸다고 하면 어떨까요. 그렇게라도 해야 할 것 같네요."

나는 다다미 위에 다리를 아무렇게나 뻗었다.

"보트로 날라서 버렸다고 해도 크게 문제가 되진 않겠지. 자네는 책임 조각이라고 했지만 그렇다면 나는 무죄네. 이래 봬도 나는 정신병자야. 외국에서 돌아올 때 인도양 한가운데서 분명히 한 번은 미쳤었지. 나는 정신병이 있기 때문에 무슨 짓을 해도 책임이 없어. 전부 제정신이 아닌 채로 한 거야. 앞뒤가 안 맞더라도 오히려 괜찮지 않겠나."

내가 말하자 다카기는 아래쪽을 내려 보며 쓴웃음을 지었다.

6월 12일에 화족국(귀족 담당 부서)에 신고서를 내러 간 나는 그 길로 바로 도쿄 검사국으로 가서 자수했다. 다음 날 단지바시 감옥 구치소에 수감될 예정이었으나 제1회 공판에서 다카기가 정신감정 청구를 한 결과, 잔결치유(불완전한 치유 상태)라는 감정을 받았고 10월 1일 제2회 공판정에서 책임 무능자라는 이유로 무죄 방면 선고를 받아서 같은 달 3일에 출옥했다.

나와 보니 역시 평판이 좋았다. 이 사건에 대해 세상은 오래전부터 아내의 부덕한 소행을 알면서도 참고 있다가 한 번 치유되었던 정신병이 재발하여 충동적으로 살인을 저지른 것으로 보왔다. 남편을 다시 미치게 하고 살인죄를 저지르게 한 것은 모두 아내의 책임이라고 입을 모았다. 친척들은 모두 나를 동정했고 어떤 이는 편지로 축하의 말을 보내오기도 하는 등 나로서는 유쾌할 수밖에 없었다. 같은 달 5일에 친척 등 백오십여 명을 야나기바시의 오나카무라로 불러서 출옥 기념 모임을 성대하게 치렀는데 이것도 좋은 평판을 얻었다. 그건 다행이었지만 감옥은 역시 감옥이라 옥중에서 건강이 상해서 심신에 많은 문제가 생겼다. 그래서 잠시 요양을 하려고 하코네 별장으로 갔다.

미리 말해 두었기 때문에 정원수도 잘 다듬어져 있었고 장식대 꽃을 꽂아 두는 등 신경을 썼지만, 그날의 기억은 떨쳐 버릴 수가 없었다. 스에가 서 있던 곳의 나무 위에는 서리가 앉아 바람이 불 때마다 사락사락 소리가 났다. 스에의 방에 가 보니 책상 위 청자 화병에 겨울 국화가 두세 줄기 꽂혀 있었다. 매일 갈아주고 있는 것이리라. 물도 아직 깨끗하다. 싫어도 이런 식으로 생각이 나므로 기분이 좋지 않았다.

매일 아침 서리가 많이 내려서 가미산 정상이 흐릿하게 하얗게 된 것 같았는데 산 전체의 단풍잎들이 떨어져 하룻밤 새 산의 능성들이 다 드러났다. 나는 감기 기운이 있어서 손난로를 등에 품고 무표정하게 정원을 바라보는데 멀리서부터 많은 사람의 목소리가 들렸다. 그 소리는 점점 가까워지더니 현관 앞에 다다르자 시끄럽게 울렸다. 무슨 일인가 생각하고 있었는데 신조라는 일꾼이 뛰어 들어와서 댓돌에 양손을 짚었다.

"왜 이렇게 시끄럽나? 조용히 하라고 하세."

내가 툇마루로 나가서 꾸짖으니 신조는 숨을 헐떡이면서 말했다.

"오늘 아침에 우메야의 주키치가 후카라강 입구에 쳐놓은 장어잡이 통을 걷으러 갔다가 보니 갈대 아래에 시체가 엉켜 있었다고 합니다. 무서웠지만 살펴보았더니 그게 마님의 유해였는데 이미 너무 흉한 모습이었다네요. 여러 명이 같이 운반해 와서 지금 현관 입구 방에 있습니다."

"누구한테 허락을 받고 시체를 가져왔단 말인가? 제멋대로 굴기 말게."

"그러면 강가에 그냥 던져 두라는 말씀이신가요?"

그는 개가 화났을 때와 같은 눈초리로 나를 올려다보았다.

"물러가게. 호수에 몸을 던지는 사람이야 일 년에 한두 명도 아닐 테고 벌써 반년이나 지났는데 어떻게 마님인 줄 아나. 저리 가서 모두 정신 차리라고 전하게."

"말씀 올리기 죄송합니다만, 누가 봐도 틀림없이 마님이라서요."라면서 신조는 여전히 꼼짝도 않는다.

마음속에 올라오는 감정을 뭐라고 표현해야 할지 모르겠다. 진실을 말하자면 나는 스에를 죽이지는 않았다. 그때 나의 결심은 조금도 약해지지 않았다. 나는 스에의 가슴 위에 올라타서 조금씩 힘을 강하게 주며 목을 조르고 있었다. 내가 죽이지 못한 이유는 목을 조른 것, 내 손이 스에의 몸에 닿은 것 자체가 잘못된 것이었기 때문이다. 스에는 발가락을 게처럼 굽히고 가늘게 뜬 눈 안에서 눈동자를 모아 나를 꼭 안은 채 입을 벌려 이, 아, 하며 신음을 내기 시작했다. 이제 막 목욕을 하고 나온 듯한 얼굴에는 혈색이 돌고 머리카락이 난 언저리에는 촉촉한 땀이 맺혔다.

"어때? 괴로운가? 이제 곧 끝나. 참아!"

나는 손에 힘을 주면서 말했다. 스에는 내 쪽으로 얼굴을 내밀어 고개를 저으며 미소를 지었다. 작고 빨간 입술은 내 입맞춤을 바라는 것처럼 떨리고 있었다. 나는 몸속에서 형언할 수 없는 감정을 느끼고 급히 스에의 몸에서 떨어져 뒷걸음질 쳤다.

오히려 그렇게 할 솔직함이 있었다면 나의 반생은 이렇게까지 불행하지는 않았을 것이다.

내 마음은 급히 식었고 사람을 죽이기에는 도저히 어울리지 않는 상태가 되어 버렸다. 나는 팔짱을 낀 채 괴로운 표정을 하다가 말했다.

"목숨은 살려주겠지만 살아 있다고는 생각하지 마. 너는 오늘부로 죽은 거야. 미시마에 있는 연월암에 가서 비구니가 되어 평생 살아. 이름을 알리지도 말고 나와서도 안 돼."

나는 이 말을 던지고 스에를 재촉하여 호반으로 나와 보트에 태운 채 후카라강 쪽으로 노를 젓기 시작했다. 우미지리 언덕을 넘어 후카라 마을에서 미시마로 떨구어 줄 생각이었다.

반짝이게 닦아 놓은 듯한 도톰하게 부풀어 오른 음력 10일 무렵의 달이 호반을 환하게 비추고 있었다. 바람이 불어 갈대에서 소리가 울리고 긴 풀잎들을 흔든다. 사방이 고요하고 들리는 것은 노 젓는 소리뿐. 스에는 뱃머리에 앉아서 고개를 숙이고 한마디도 하지 않는다. 나도 말이 없었다. 할 말이 너무 많아서 오히려 아무 말도 할 수 없는 기분이었다.

사십 분 정도 노를 젓자 후카라강 입구에 도착했다. 나는 손을 내밀어 스에를 보트에서 내려주고 지갑째 돈을 품에 넣어 주었다. 스에는 인사를 하고서 바지런하게 옷자락을 걷어 올려 허리에 접어 지르고는 풀숲 안으로 가늘게 나 있는 작은 길로 들어갔다. 보트를 저어 돌아가면서 돌아보니 스에는 조금 높은 곳에 서서 이쪽을 보고 있었다.

원편 옆방에 가 보니, 차양 처으로 닦은 유해를 나무 문짝에 올려놓고 그 주위에 집안 일꾼들과 마을 사람들이 심각한 얼굴로 모여 있었다. 내 얼굴을 보고는 주재소의 순사가 조심스러운 손길로 흰 천을 걷어 올렸다.

시체는 고래 고기의 기름진 부분이나 알코올에 담긴 태아의 표본처럼 허옇고 탁한 색이었다. 귀 위에 겨우 남아 있던 대여섯 가닥의 머리카락은 눈알이 빠져나온 자리에 들어가 있었고, 귀에는 파릇파릇하게 수초가 나 있다. 옆구리의 살은 없어져 늑골 안쪽에는 생선의 부레 같은 장기가 비쳤고 몸통에 감은 밧줄 끝이 꼬리처럼 엉덩이 밑에서 나와 있다.

누군가가 알렸는지 다카기가 새파랗게 질린 얼굴로 달려왔는데 한 번 보고는 욱, 하는 기묘한 소리를 내고는 울 것 같은 얼굴로 말했다. "아, 정말 불쌍하게 되셨네요."라면서 합장을 했다.

바보처럼, 무서워서 손발이 떨려 안절부절못했다. 그런데 순사는 무뚝뚝한 표정의 나를 보고는 비탄에 잠겼다고 착각이라도 했는지 주절주절 애도의 말을 전했다.

"오랫동안 물에 잠겨 계셔서 모습이 많이 달라지셨지만 아무리 그렇더라도 부인의 유해라고 생각됩니다. 이제 곧 검시관도 올 텐데 그 전에 선생님께서 살펴보고 확인을 좀 해 주셨으면 합니다."

"무슨 그런 쓸데없는 소리를 합니까. 인정하고 말고가 어디 있어요. 부인 유해가 아니면 누구 시체라는 겁니까?"

다카기는 얼굴이 파래진 채 질책하는 말투로 지껄였다.

나는 다카기에게 소리를 지르려고 했지만 할 말이 떠오르지 않았다. 어디서 빌어먹던 거지인지도 모를 이런 끔찍한 시체를 떠맡아야 한다면 아예 사실을 공표하는 편이 나을 것 같았다. 나는 속이 들여다보이는 다카기의 비통한 표정을 곁눈질하면서 '이보게, 나는 스에를 죽이지 않았어. 스에는 미시마에 있는 비구니 절에 있다구.'라고 말하고 싶었다. 그렇게 말해 버리면 분명히 속은 시원해질 거라고 생각했다.

하지만 쉽게 수습할 수는 없을 것이다. 허위 진술을 하여 재판을 종결시켰다는 혐의로 감옥에 수감될 수도 있다. 이것만은 법에 있어 비웃을 만한 실수 중 하나인데 죽였다고 허위 진술을 해서 무죄가 된 내가 죽이지 않았다고 진실을 진술하면 오히려 유죄가 되는 것이다.

이 죄는 질서 교란죄에 해당하는 것으로 대죄는 아니다. 이 년 정도의 징역으로 끝나니 그렇게까지 곤란할 것은 없다. 그렇더라도 사정을 말하게 되면 나의 비열하고 겁 많은 성격과 경박한 허영심이 온 세상에 적나라하게 알려질 것이다. 그것만은 도저히 참기 어려운 일이었기 때문에 그게 싫으면 살인범이 되어 이게 바로 내가 죽인 시체라고 증언해야만 한다. 익사체 입장에서는 곤란한 일이겠지만, 내가 목을 조르고 내 손으로 호수에 던져넣은 아내의 시체라고 결국 시인해 버렸다. 순사를 비롯한 모든 사람은 상당히 만족스러워했다.

나는 집 안으로 들어가 불만스러운 얼굴로 앉아 있었는데 문득 마음속에서 돋아난 한 줄기의 의심이 가슴을 찌르는 것 같았다. 그 보기 흉한 육체가 사실은 스에의 시신이 아닐까. 시체는 후카라강 쪽에서 올라왔다고 하는데, 내 보트가 시야에서 사라지고 나서 스에는 강에 몸을 던진 게 아닌가 하는 의심이다. 스에는 순종적이면서도 한편으론 극도로 몰입하는 성격이라 그 정도의 일은 저지를 수도 있다. 내가 스에를 죽이지는 않았으므로 지금까지는 시체를 보아도 어떤 감정도 일어나지 않았지만 스에가 투신했을지도 모른다면 얘기는 달라진다.

나는 벌떡 일어나 문 옆방으로 가서 사람들 눈에 개의치 않고 흰 천을 걷어 보았다. 시체는 현저하게 부패하였고, 물고기들에게 뜯어 먹히고 돌에 쓸려서 다시 쳐다보기 힘든 참담한 몰골을 하고 있었다. 하지만 원래 영양염류가 부족한 한랭한 물속에 있었기 때문에 부분적으로는 완전한 형태가 남아 있었다. 목에서 어깨로 이어지는 살은 생전에 가녀리고 아름다운 신체였음을 나타내고 있었다. 가슴도 그대로였는데 아마도 풍만한 가슴이었던 것 같았다. 그 모습도 충분히 남아 있었다. 보면 볼수록 스에의 신체와 닮은 것 같은 기분이 들었다. 스에의 아래턱 가운데 치아와 송곳니 사이에 작은 충치가 있었던 것이 기억나서 조심스럽게 얼굴을 가까이 가져가 들여다보니 낯익은 충치 구멍이 있었다. 나는 엉덩방아를 찧으며 쓰러졌다.

이것이 그렇게 아름답던 스에의 몸인가. 흑요석처럼 초롱초롱한 눈이 있던 곳에는 검게 텅 빈 구멍이 열려 있었고 작은 조개처럼 귀여운 귀가 달려 있던 곳에는 수초가 파릇하게 나 있었다. 나를 안고 팔베개를 해 주던 그 연약한 팔은 이제는 살이 떨어져 나가 물에 흩어진 한 줄기 흰 뼈에 지나지 않는다.

이 세상에서 만나리라 생각하지 못했던 처참한 모습을 보고 나는 가슴이 찢어지는 기분이었다. 내 손으로 직접 하지는 않았지만, 앞으로 오랫동안 피어야 했던 청순한 꽃을 나 하나의 체면을 위해 무참하게 꺾어 지옥 앞으로 쫓아내 버렸다. 내가 죽인 시체 앞에 앉아 있더라도 이렇게 양심의 가책은 들지 않을 것이다. 지옥의 문이 일단 삼켜 버린 것을 토해내어 이렇게 비참한 모습으로 굳이 내 앞으로 데려온 것은, 피할 수 없는 증거를 눈앞에 들이밀어 천박하고 비열한 죄업을 하나하나 생각하도록 하기 위함이 틀림없었다. 그러고 보니 이 시체에 남은 상처도 오점도 부패도 모두 내 허약함, 비열함, 허식, 이기심에 의해 만들어진 죄의 문장이었다.

곧 검시관과 경찰서의 의사가 찾아와 틀에 박힌 검시를 했다. 그 작업이 끝나고 스에의 몸을 관에 넣으려고 할 때, 한 덩이 살이 종아리에서 벗겨져 데구루루 문짝 위에 떨어졌다. 나는 옷자락으로 얼굴을 덮고 울었다.

  스에가 살아 있다고 생각했을 때는 그다지 감정도 없었는데, 이제 이 세상에 없다고, 이 세상에서 만날 수 없다고 생각하니, 후회라고도 애련이라고도 부르기 어려운 감정이 솟구치는 것을 막을 수 없었다. 나는 이 호반에서 스에를 처음 만나 이 호반에서 헤어졌다. 처음 만난 날 스에가 보트에서 했던 얘기들과 몸짓, 결혼 후의 여러 천진난만한 장난들, 잊고 있던 작은 기억들이 되살아나 눈물을 자아낸다.

  관은 넓은 방에 안치되었다. 스에가 오르간을 연주하며 혼자서 놀던 그 방이다. 관 앞에는 스에가 좋아하던 가을 장미와 하카타 인형*을 장식했다. 생각해 보면 사랑스럽고 순진한 아내였다. 스에가 얼마나 상냥하고 진실하며 애정이 깊었는지, 죽고 나니 잘 알 것 같았고 그래서 더욱더 포기가 되지 않는다. 지금 생각해 보면 스에야말로 이 세상에서 진실하게 나를 사랑해 준 단한 명의 여자였다. 나도 스에를 깊이 사랑했지만 미숙한 성격이 감정을 표출하는 것을 막아 버렸던 것이다. 지금이라면, 따위의 생각을 해봤자 소용없다. 스에는 이미 죽었다. 나의 한심함을 알게 되었을 때 스에는 이미 이 세상에 없는 것이다.

  관 앞에 앉아 흘러가는 향의 연기를 보고 있으니 이 세상에서의 이별이 실감나면서 슬픔이 몰려왔다. 사람이 없는 곳으로 가서

---

* 규슈(九州)지방 하카타에서 점토로 구운 후에 채색해서 만드는 일본의 명물 인형.

실컷 울어야지 하고 정원에서 이어지는 뒷 숲으로 들어갔다.

좁은 길 양쪽으로 삼나무, 졸참나무, 노송나무 등이 울창하게 우거져 햇빛을 가린다. 딱따구리의 울음소리가 수목에 울려서 깊은 산속에 있는 듯한 기분이 들었다. 해질 무렵, 어두운 오솔길의 낙엽을 밟으면서 터벅터벅 걷다가 갑자기 눈물이 쏟아졌다. 삼나무 기둥에 이마를 대고 울고 있는데 주위에서 나뭇가지가 꺾어지는 듯한 소리가 들려왔다.

돌아보니 스에가 양쪽 옷소매를 가슴 위에 겹쳐 올리고 하얀 얼굴로 석양 속에 서 있었다. 나는 너무 슬픈 나머지 미쳐서 또 망상에 빠졌나 생각하면서 그림자 같은 것을 멍하니 바라보았다. 스에는 짙은 보라색 머릿수건을 쓰고 같은 색 코트를 입고 역시 내 쪽을 바라보고 있다. 그러나 살아 있는 사람이 아니라는 증거로 얼굴 윤곽이 흐릿해지거나 몽롱해지기도 했다. 뭐가 되었든지 반가워서 "스에"라고 부르자, 스에는 어린아이처럼 흑흑 흐느끼면서 숨이 막힐 정도로 내 목을 안고 엉엉 울었다.

스에가 죽은 것이 아니라고 생각하니, 스에가 살아 있는 것을 누가 본다면 그것이야말로 큰일이라는 생각에 당황했다. 게다가 이 근처는 숲의 입구로 마을 아이들이 곧잘 마른 가지를 주우러 오는 장소였다. 때문에 나는 스에의 등을 쓰다듬으면서 "이봐, 큰 소리 내지 마. 사람들이 오면 안 되니까."라고 말했다. 그러자 스에는 갑자기 울음을 그치고 눈물에 젖은 큰 눈으로 내 얼굴을 지긋이 바라보았다.

"당신을 죽이고 저도 죽을 작정으로 왔으니까 이제 소문 따위 아무 상관없어요. 부디 같이 죽어 주세요."

이렇게 말하면서 스에는 허리끈 사이에서 칼집을 벗기지 않은 단검을 꺼내 보였다.

세상에는 달변에다 영리하기까지 해서 사람을 홀리는 교묘한 자들이 있다. 하지만 그런 이들이 천만 번 말해도 스에의 한 마디만큼 내 마음을 흔들지 못했을 것이다. 나는 진심으로 스에에게 사랑받고 있음을 이때 돌연히 깨달았다. 내 필력으로는 이때의 감정을 정확하게 표현할 수 없다. 바이런이나 괴테 같은 시인이더라도 마찬가지로 불가능했을 것이다.

나는 기쁜 나머지 울었다. 스에가 손수건으로 여러 번 나의 눈물을 닦아 주었던 것 같았다. 나는 어린아이가 소중한 장난감을 잡고 있는 것처럼 무작정 힘을 주어 스에를 껴안으면서 말했다.

"잘 돌아와 줬어. 나는 네가 보고 싶어서 지금도 저기서 울고 있었다구."

그때 나는 두서없이 같은 말을 반복했다고 한다. 스에가 웃으면서 지금도 그 흉내를 내곤 한다.

우리 두 사람은 같이 숲속에 있는 오두막으로 들어갔다. 나무들을 기둥으로 삼고 널빤지 지붕을 올린 허접한 오두막으로, 안은 흙바닥에 다다미 네다섯 장이 깔렸고 그 위에 화로가 하나 놓여 있었다. 산지기가 비가 올 때 사용하는 피난소였는데 지금은 오는 사람도 없다.

둘은 서로를 안은 채 그동안 아쉬웠던 것을 풀어내듯이 얘기를 나눴다. 스에는 얼마나 나를 사랑했는지, 나에게 미움을 받는다고 생각하고 얼마나 슬픈 나날을 보냈는지, 그 슬픈 날들이 얼마나 괴로웠는지를 이야기했다.

"그래서 당신 대신에 그 사람을 불렀어요, 그 사람에게 말했어요, 저는 오쿠다이라라고 생각하고 당신과 그걸 하는 거니까, 당신도 그렇게 생각하고 가능한 한 잘 흉내 내어 달라구요. 당신과 비슷하게 했을 때만 그걸 했어요. 안 된다구요? 저는 역시 정조를 더럽혔나요?"

그녀는 악의 없이 내 얼굴을 올려 보았다.

"저는 그렇게 생각하지 않아요. 왜냐하면 저는 당신하고만 함께 있었던 거니까요."

"그래서 상대는 누구였던 건가?"

스에는 흥 하고 콧소리를 내며 "이것만은 죽어도 말하지 않으려 했지만, 지금은 말할게요. 사실은 다카기였어요,"

"역시 그랬었군."

"알고 계셨어요?"

"시체가 호수에서 올라왔을 때, 새파랗게 질려서 찾아와 합장도 하고 염불도 하고 평소에 하지 않던 짓을 하니까, 아아 하고 눈치를 챘지. 그 후로 다카기는 별장지기도 하녀도 다 내보내고 넓은 별장에서 혼자 칩거 중이라는데 아마 혼자 조마조마하는 마음으로 있겠지. 그 녀석은 소심한 놈이니 그러고 있다가 보면 결국 목이라도 맬 거야. 다카기는 혈변을 볼 정도로 열심히 준비해서 나를 무죄로 만들어 줬으니까 그 정도 죄는 이미 소멸한 거야. 나는 이제는 아무한테도 화가 나지 않아. 당신한테도 다카기한테도."

나는 입고 있던 모든 속옷을 벗어 스에에게 입히고 황급히 별장으로 돌아왔다. 스에가 밤에 입을 옷이 될 만한 두꺼운 외투두 벌과 손난로를 품고 나가려는데 방구석에 장례식에 온 손님에게 나누어 줄 도시락이 쌓여 있어서 세 개 정도 훔쳐 가지고 오두막으로 돌아갔다. 두 번째로 별장에 갔을 때는 방석과 차가든 병까지 훔쳐 나왔는데 도중에 뜨거운 차가 흘러나와 화상을 입었다. 독경이 시작될 시간에 다시 별장에 갔는데 마음이 들떠시 행을 때의 도중에 우유가 터져 나올 뻔한 것을 겨우 참았다.

다음 날 다카기와 둘이서 도쿄에 가서 무사히 매장을 마쳤다. 어디 사는 누군지도 모를 사람의 장례에 다카기는 처음부터 끝까지 계속 울었다. 왜 그렇게 우는지 물어보니 요즘 우울증으로 이유 없이 울고 싶어서 그러니 내버려 두라고 했다.

오두막 안에 조금씩 물건이 늘어났다. 이가 나간 그릇에 단무지를 담았지만 일상에 불편함은 없었다. 나는 아내를 죽이고 첩을 얻었다고나 할까…… 아무튼 우리 두 사람 사이에는 어떤 거짓도 허식도 없었다. 내가 약속한 시각에 찾아가면 스에는 오두막에서 뛰어나와 나에게 안겼다.

"잘 오셨어요, 기뻐요."

그녀는 한참 기다리던 연인에게 말하는 것처럼 신선한 감정을 담아서 재잘거렸다. 그 모습을 보고 있으면 그저 기뻤다. 마을에서 구해온 소박한 음식을 먼저 나는 낡은 다다미 위에 늘어놓고 둘이서 먹고 나면 외투를 덮고 한 시간 정도 잤다.

어느 날 나는 스에에게 말했다.

"나는 이 생활이 너무 즐거워서 죽을 때까지 계속하고 싶은데, 여기에 당신이 있는 걸 누군가에게 발각되면 감옥이니 뭐니 복잡한 일이 생기니까 아예 집도 재산도 내팽개치고 어디 일본 구석에서 자유롭게 살고 싶은데……."

스에는 손뼉을 치며 바로 찬성의 뜻을 보였다. 나는 스에의 손을 잡고 물었다.

"하지만 돈을 갖고 나오면 발각될 테니 진짜 입은 옷만 갖고 도망치는 거야, 죽을 때까지 이런 가난한 생활을 해야 하는데 그래도 괜찮겠어?"

"좋아요, 그렇게 해요."

스에는 일어나 춤추듯 발을 구르며 당장이라도 나가고 싶어 했다.

다음 날 아침, 언제나 만나던 시간에 오두막으로 가니 스에가 뛰어나와 어젯밤에 숲 입구에서 다카기를 만났다고 말했다. 나는 반사적으로 눈썹을 찡그리며 말했다.

"큰일 났네. 그래서 얘기라도 했나?"

"아뇨, 저를 보더니 눈동자를 이렇게 뒤집고 뒷걸음질을 치면서 기듯이 도망쳤어요. 유령이라고 생각할 테니 괜찮아요. 제가 무덤 속에 있는 것까지 본 사람이니까요."

"아니야, 뭐라고 단정 짓기는 어려워. 하지만 다카기라면 입을 막을 자신은 있지. 잠시 다녀올게."

한 시간쯤 지나서 오두막으로 돌아와 스에에게 말했나.

"이봐, 다카기가 목을 맸어. 천장 서까래에 매달려 있었어."

스에는 가만히 내 얼굴을 쳐다보았다. 다카기의 입을 막기 위해 내가 목 졸라 죽였다고 생각하는 걸까……. 그녀는 어딘가 석연치 않은 얼굴을 하였다. 하지만 별다른 말은 하지 않았다. 나는 다다미 위로 올라가 스에의 손을 잡고 흔들며 말했다.

"다카기가 죽은 것을 보니 생각이 바뀌었어. 실종 같은 미지근한 짓은 그만두고 이참에 아예 내가 죽은 거로 하려고 해. 그러니까 다카기는 실종된 거로 하고, 내가 자살한 거로 하는 거지. 다카기의 시체를 숲속 깊은 곳에 펼쳐 두고 나인 것처럼 하는 거야. 그러면 깨끗하게 이 세상과 연을 끊을 수 있을 테니까."

밤 열한 시경, 보트를 저어서 다카기 집 뒤편에 대고 다카기의 시체를 실어서 돌아왔다. 스에가 강기슭에서 기다렸다가 둘이서 운반했다. 스에는 발을 들고 나는 머리 쪽을 잡고 숲속으로 들어갔다. 시체는 화가 날 정도로 무겁고, 잡기가 힘들었다. 달은 떠 있지만, 나뭇잎이 두껍게 덮여 있어서 아래쪽에 난 풀까지는 닿지 않는다. 갈대나 머루 덩굴이 뒤엉킨 어두운 숲속에서 시체를 나르기는 쉽지 않다. 내가 넘어지면 스에도 넘어졌다. 불쌍하게도 다카기는 몇 군데나 찰과상을 입었는지 모른다. 하지만 조금만 더 조금만 더 하면서 가능한 한 깊은 곳으로 들어갔다. 그렇게 한 시간 이상 걸었다. 앞에 펼쳐진 길은 졸참나무가 빽빽하게 들어선 곳으로 그 이상 앞으로는 더 갈 수가 없어서 '이 부근이면 되겠지' 하고 밧줄로 올가미를 만들어 다카기의 목을 집어넣고, 밧줄 끝을 잡고서 느티나무를 타고 올라갔다.

손쉽게 밧줄을 감아 잡아당기자, 스에는 다카기의 발을 잡고 낮은 목소리로 영차, 영차, 소리를 내며 밀어 올렸다. 아래에서 올려다보니, 다카기는 갑자기 흰 머리가 늘어난 관자놀이가 은빛으로 빛났고, 체념한 듯한, 어딘가 심각한 얼굴로 매달려 있었다. 고생을 많이 했기 때문에 뭔가 훌륭한 예술 작품이라도 완성한 듯한 만족감을 느끼면서, 나는 손을 품속에 넣고 잠시 멍하니 바라보고 있었다.

『문예』1937년 5월호

햄릿

히사오 주란

패전 후 일 년이 되는 이번 여름, 삼천칠백 척(尺)*의 고지대에 있는 피서지 호텔의 베란다와 안개 긴 밤의 별장 난롯가에서 자주 화제에 오르는 한 노인이 있었다.

아름답게 빛나는 백발을 머리에 얹고 학처럼 깨끗하게 여윈, 노년의 괴테, 리스트, 파데레우스키(Paderewski)** 등의 페노타입(phenotype)***에 속하는 장엄한 용모를 가진 예순 정도의 노인이었는데, 이런 영성을 띤 깊은 표정이 일본인의 얼굴에 발현되기는 매우 드문 일이므로, 도대체 어떤 고귀한 정신생활을 보낸 사람인지 주목할 수밖에 없었다.

복장도 상당히 인상적이었다. 옷감은 지금으로부터 이십여

---

* 길이의 단위. 1척은 약 30.3센티미터에 해당한다.
** 폴란드의 피아니스트 겸 작곡가.
*** 생물에서 겉으로 드러나는 여러 가지 특징. 물리적인 특성뿐만 아니라 행동 같은 특성까지도 포함한다.

년 전, 튼튼하고 점잖아 인기가 있었던 영국의 워스테드라는 고풍스러운 수제 면직물 같은 것이었고, 형태도 1910년대 초반인 다이쇼 초기 유행 스타일이었다. 어쨌든 옷 입는 풍이 어떻다고 딱히 지적하기 어려운 느낌이었다. 아프리카 원주민에게 양복을 입힐 때 아무리 꼼꼼하게 입혀 놓아도 어딘지 모르게 어색해 보였는데, 이 노인의 옷매무새에도 살짝 그와 비슷한 느낌이 있었다.

노인은 도쿄 공습에서 일가가 폭격으로 사망한 사카이 아리타카 집안의 별장에서 이주 힘을해 보이는 수후에라는 청년과 둘이서 살고 있었다. 골프장 옆의 낙엽송 숲과 아타고산 밑 스스키하라 길을 산책하는 것이 그의 일과로 피서지의 사교에는 일체 참가하지 않았다.

사카이 아리타카는 화족*들 중에서도 유수의 자산가였다. 그는 건강도 지혜도 넘쳤지만 어떤 회사나 사업에도 관여하지 않고 어떤 취미나 특기도 없이 완전히 안일하면서도 무위도식으로 생애의 막을 내린 오블로모프(Oblomov)**식의 철저한 유민이었는데 그의 말기는 전례가 없이 특이하였다.

아내인 고토코는 교토의 니시노도인 가문에서 온 사람으로 고마쓰 아리마사의 정혼자였는데 어떻게 된 일인지 고마쓰의

---

* 지체가 높은 사람이나 나라에 공훈이 있는 사람의 집안이나 자손들.
** 러시아 작가 이반 곤차로프의 대표작 『오블로모프』(1859)에서 유래. 지주의 아들 오블로모프는 상트페테르부르크에서 대학까지 나왔지만 아무런 의욕도 없는 무기력한 인물.

숙부인 사카이와 결혼했다. 아름다우면서도 어딘가 광신적인 면모가 연상되는 아유코라는 딸와 함께 매년 여름이면 가루이자와에 왔는데 사카이의 가까운 친척에 이런 특이한 노인이 있는 것은 아무도 듣지 못했다. 적어도 최근 이십년 간 사카이가에 드나드는 것을 본 사람도 없었다.

호텔 등에서는 아마도 오랫동안 외국에 체류했다가 이번 4월 유럽에서 떠난 마지막 귀국선을 타고 돌아온 사람일 거라고 입을 모았다. 하지만 또 그렇다고 하기에는 다이쇼 시대 스타일과 묘한 옷차림은 도대체 뭐냐고 누군가 말하면서 이런 추측도 모호해졌다.

베란다와 벽난로에서 소문이 무성하게 타오르던 어느 날 오후, 놀랍게도 그 노인이 혼자서 호텔 그릴에 나타나, 웨이터에게 '스피터(spiter)'라는 어려운 영어로 점심을 주문했다. 물론 점심이라는 뜻으로 백오십 년 전에 쓰였지만, 지금은 거의 사어가 된 말이었다.

물론 웨이터는 사어 같은 것은 모르니 대충 눈치로 런치를 가져가자 그 노인은 16세기 유럽인이 그랬던 것처럼 베이컨을 오른쪽 검지에 말아서 먹는 희한한 광경을 보였다. 기발한 짓을 하는 것도 미친 것도 아니라는 증거처럼 그 행동은 너무나 일상처럼 몸에 밴 듯했다. 오히려 포크나 나이프를 사용하는 사람이 부끄러워질 정도로 매력적으로도 보여서, 보는 이들에게 멜랑콜리와 당혹스러움을 동시에 느끼게 했다.

그래서 호텔 그릴에 있던 한 사람이 재빨리 다가가 대화의 기회를 잡았다. 언어는 상당히 유창했고 뉘앙스가 풍부하여 누구도 그의 인지 장해를 느끼지 않았다. 하지만 최근 이십 년간 일본의 사회 사정을 언급하면 당혹스러운 기색을 보이며 우물쭈물거렸다. 만주사변도 상해사변도 전혀 모르고 태평양전쟁에 대해서는 '그런 일이 있었지. 그래.'라는 정도의 빈약한 인식을 보였다. 역시 이 사람은 외국, 그것도 아주 변경에서 오래 살았을거라는 생각이 들었다. 그래서 외국에 있다가 돌아왔느냐고 물어 보면 계속 일본에 있었고 한 번도 외국에는 간 적이 없다는 의외의 내뱉을 하였다.

그 이후 노인은 절대 혼자서는 외출하지 않았다. 가끔 바에 식전주(食前酒)를 마시러 왔지만, 항상 옆에 청년이 동행하였다. 누군가 노인에게 말을 걸면 청년이 슬쩍 끼어들어서 질문에 모두 응대했다. 청년이 노인과 동반한 데는 노인에게 이야기를 거는 사람을 막기 위함이라는 것을 알 수 있었다.

그 후로도 불분명하고 막연한 사정 등이 겹치면서 노인은 피서지에서 일종의 초인적인 존재가 되었다. 물론 동반자는 얼마 지나지 않아 정체가 밝혀졌다. 청년의 이름은 소후에 히카루, 유명한 건축가의 장남으로 오랫동안 런던에 있었고 소문에 의하면 고리 도라히코 등 이후에 연극에 관련되어 하야카와 셋슈의 제자가 되었다든가, 파리 파테-나탕*의 영화 엑스트라로 나오기도 했다고 한다. 누군가는 그가 태평양전쟁이 시작된 봄에 갑자

* 프랑스의 영화 제작사.

기 일본으로 돌아왔다고 말했다.

팔월 말경 안개가 짙은 어느 저녁, 두 사람은 여느 때처럼 호텔 바에 왔는데 노인은 '발작'이라는 술을 한 잔 마시고 먼저 돌아가고, 소후에는 담배를 피우면서 베란다로 앉으러 왔다. 그때 항상 베란다에 모이던 무리가 다섯 명 정도 남아 있었다. 그들은 언젠가 이런 일이 있을지도 모른다며 기다렸기 때문에 그중 한 명이 인사도 없이 불쑥 소후에에게 물었다.

"소후에 씨, 당신과 항상 함께 있는 그 멋있는 노인은 어떤 분인가요? 괜찮으시다면 우리한테도 좀 소개해 주시죠."

소후에는 어슴푸레한 어둠 속 등나무 의자에 앉아서 이미 붉게 빛나기 시작한 담뱃불을 바라보고 있다가 곧 고개를 들고서 이런 말을 했다.

"여러분은 그 수상한 노인이 도대체 누구인지 물으시는 거지요. 하지만 여러분에게 만족스러운 답을 드리기 위해서는 그 노인의 부활에 대한 얘기를 하는 게 가장 빠를 것 같네요."

"역시 그렇군요. 그 노인은 이번에 공민권을 회복한 분이시군요."

"아뇨, 제가 말씀 드리는 부활이란 건 무덤 속에서 나왔다는 뜻입니다."

"무덤이라니요?"

"사람을 묻는, 그 무덤 말입니다."

뭐라 말할 수 없는 싸한 느낌이 들었는지 모두 일제히 몸을 떨었다. 호텔 잔디에 안개가 강물처럼 흐르고 서늘한 서녁이기도 했다.

"구로이와 루이코의 『백발귀』라는 소설도 있었지만, 당신의 얘기도 어딘지 로마네스크적인 냄새가 나네요."

"그 복수 괴담은 저도 어렸을 때 읽었습니다. 지어낸 이야기에는 꼭 억지나 모순이 들어 있는데 그게 유일한 매력이기는 하지만, 그분의 과거에는 안타깝게도 그런 억지나 모순은 하나도 없습니다."

"그래서 그분은 지금 행복하십니까?"

"분명히 행복하다고는 할 수 있겠지만 희미한 등불이 어둠을 더 어둡게 하고 벌목하는 소리가 시끄러울수록 산은 더욱 고요하다고 하죠. 부활해서 오히려 진정한 비극의 느낌을 강하게 하는 것 같습니다. 저는 말을 너무 못하니 삼일 정도 시간을 주시면 메모를 해 와서 그걸 읽으면서 자세히 말씀드리겠습니다."

청년은 이렇게 약속을 하고는 돌아갔다.

그 후 삼일 째 되는 날, 소후에는 이야기를 자세하게 적은 노트를 들고 왔다. 그래서 모두 베란다에서 J 자작의 별장으로 자리를 옮겨 벽난로 옆 안락의자에 편히 앉아서 맘껏 그 얘기를 들었다. 소후에가 노트에 적어 온 것은 다음과 같은 기이한 이야기였다.

제가 사카이 아리타카 집안과 인연을 맺은 때는 딱 이십구 년 전인 다이쇼 6년(1917년)의 여름이었습니다.

아직 여러분도 기억하고 계시겠지만 사단지의 자유극장 이래로 우리 동료들 사이에서는 번역극 공연 개최가 유행해서, 고노에 히데마로나 미시마 아키미치, 히시카타 요시 등의 '메오좌'가 먼저 테이프를 끊었습니다.

다이쇼 시대 말기 무렵에는 프랑스의 아방가르드 운동에 자극을 받아 또 새로운 기운이 들썩이고 있었습니다. 사카이 등은 그런 부류의 선두로, 쓰보이 씨의 강연을 듣기 위해 제국대학 법과와 와세다대 문과를 둘 다 다닐 정도였습니다. 1917년 여름에 「햄릿」의 신연출로 일본 아방가르드 운동 최초의 봉화를 올리자며 삼 개월 간 여름휴가를 이용해 사카이의 별장에서 합숙하면서 맹연습을 시작했습니다. 햄릿은 고마쓰 아키마사, 클로디어스 왕은 사카이, 오필리아는 나중에 사카이의 부인이 된 고마쓰의 정혼자인 니시도인 고토코, 내가 햄릿의 친구 호레이쇼 등 대략 이렇게 각자 배역을 맡았습니다.

고마쓰는 조금 특이한 완벽주의자로 자기가 맡은 역이 햄릿으로 정해지자 죽은 아버지 서고에서 엘리자베스 시대에 관한 문헌들을 있는 대로 가지고 나왔습니다. 그는 건축부터 복식, 공예품, 장신구, 식기, 요리, 예법, 사냥, 놀이 등 당시 풍속과 일상생활 전반을 빼놓지 않고 꼼꼼하게 조사했습니다. 거기다가 만차메스의 '에크로그스(eclogue, 목가 혹은 전원시)', '사자와 여우' 등 그 당시 우화까지 읽을 정도로 열심이었습니다. 고마쓰의 아버지는 외교관으로 오랫동안 영국에 체재했는데, 오치아이의 집은 일본에서 딘 하나 있는 순수한 앵글로 로마네스크 양식의 건축물로 그 서고는 대영도서관이라는 별명이 붙었을 만큼 유명해서 이런 딜레탕티즘(Dilettantisme)*을 만족시키기에 충분했습니다.

「햄릿」이 집필된 시대의 상황이 대략 머리에 들어가자, 이번에는 햄릿이 태어난 덴마크의 연구에 착수하여, 덴마크 공사관의 누르덴셸트로부터 참고 서적을 빌려서 16세기경의 법률, 제도, 문화, 국민성, 일상생활 등을 쉬지 않고 연구했습니다. 그리고 겨우 그 작업이 일단락되자, 드디어 본격적으로 각본 해석에 들어갔습니다. 데이튼이니 기셀 등이 쓴 주서서를 참고해서 So나 Such, That 등의 간단한 말에 대해서도 하나하나 동작을 생각했습니다. 그러던 중에도 윌리엄 어빙을 비롯해서 데이빗 갤릭, 포브스 로버트슨, 조지 배리모어, 세잇시 등 온갖 명배우의 햄릿 부대 사진을 모아서 분장과 메이크업을 연구하는 등 완벽하게 햄릿으로 변신하기 위해 엄청난 노력을 했습니다.

아까도 말씀드린 것처럼 오치아이에 있는 고마쓰 저택은 박공이 여러 개 있는 엘리자베스 양식 건축물로 현관 입구 포치에는 하얀 기둥이 늘어서 있고, 발코니에는 사자 문장이 새겨진 고풍스러운 금속 장식이 붙어 있었으며 다이아몬드 격자 모양의 채광창은 스테인드글라스로 장식되어 있었습니다. 무도회실이라고 부르는 이층의 넓은 방은 탁한 색의 떡갈나무 격자 천장이 있었고 검은 떡갈나무로 된 높은 장식판이 있는, 16세기 지방

* 예술이나 학문을 치열한 직업의식 없이 취미로 즐기는 것.

귀족이나 기사들의 연회장을 모방한 것이었습니다. 무대 배경이나 그림 등을 일체 사용하지 않고, 양식을 그대로 노출해서 미들 템플 홀의 대연회장에서 셰익스피어가 엘리자베스 여왕을 위해 공연한 1600년경 그대로 막이 없는 연출을 하여, 보통 극장에서는 자아낼 수 없는 클래식한 무대효과를 올리겠다는 의도였습니다.

드디어 연극 공연 당일이 되자, 이 새로운 연출은 높은 평가를 받았고 유명한 평론가와 일류 신문의 기자까지 찾아들었습니다. 예상을 뛰어넘는 대성공으로 연극은 큰 실수 없이 진행되었는데, 이윽고 마지막의 '성안 대연회장' 장면에 다다르자 갑자기 생각지도 못한 사건이 일어났습니다.

대단원의 5막 2장은 다들 아시다시피 '오필리아의 오빠 레이어티스와 햄릿의 결투, 그리고 덴마크 왕가의 절멸'이라는 비극의 클라이맥스에 도달합니다. 이 장면의 장치는 무대 정면에 떡 갈나무 장식판이 그대로 드러나고, 그 양쪽 끝에 대조적으로 달려 있는 큰 창문을 가리기 위해 덴마크 왕가의 금박 문장을 붙인 올드로즈 벨벳 막을 늘어뜨렸습니다. 이 장치에 신경을 아주 많이 썼는데, 왼쪽 막에 가깝게 옥좌를 만들어 여기서 왕과 왕비의 신하들이 결투 구경을 합니다.

클로디어스 왕은 이 결투를 핑계로 햄릿을 죽이려 하는데 레이어티스에게 몰래 독을 바른 검을 건네준 것을 햄릿은 알지 못합니다.

한 번, 두 번 레이어티스가 찰과상을 입고 세 번째에 드디어

격렬한 접전이 벌어지는데 햄릿이 점점 오른쪽으로 움직입니다. 레이어티스는 따라 가서 연속으로 깊숙하게 찌릅니다. 햄릿은 막에 등을 스치면서 오른쪽에서 정면으로 돌게 되어 있습니다.

나는 호레이쇼 역이었기 때문에 조정 대신들과 나란히 좌측 안쪽에 서 있었습니다. 햄릿이 오른쪽 막이 내려 있는 곳에서 레이어티스의 깊숙한 찌르기에 대응하는 사이에, 어떻게 된 일인지 갑자기 흠칫 머리를 앞쪽으로 내미는 듯한 묘한 행동을 하고, 비틀거리면서 막에 기대더니 마치 막 안으로 빨려 들어가듯 무대 위에서 사라졌습니다.

우리는 너무 놀랐지만 고마쓰의 즉흥적으로 연기를 하나 추가했겠지 생각하고는 웃으면서 보고 있었는데 어떻게 된 일인지 햄릿은 아무리 기다려도 나오지 않았습니다.

우리는 웃을 수 있었지만 결투 상대가 사라진 레이어티스는 정말 당황했습니다. 막을 향해서 "자, 나와라. 숨는 건 비겁하지 않나." 등의 대사를 대충 나오는 대로 말하면서 난리를 피우다가 결국 더는 버틸 수 없자 어이구 어이구 하면서 혼자서 막 뒤로 들어갔습니다. 그래서 곧 새파랗게 질린 얼굴로 무대로 뛰어나왔습니다.

"큰일 났어, 고마쓰가 죽었어."

레이어티스가 부들부들 떨며 손으로 막 쪽을 가리켰습니다.

더 이상 연극은 문제가 아니었고 왕도 왕비도 조정 대신들도 함께 무대 오른쪽으로 달려가 막 뒤편으로 들어가 보니, 고마쓰는 사십 척이나 밑에 있는 현관 옆에 엎드려 있었습니다. 머리

주변의 돌에는 말미잘이라도 내던져 터뜨려 놓은 것처럼 새빨갛고 끈적끈적한 피가 묻어 있었습니다.

앵글로 로마네스크 양식 건축물은 솟아오르는 듯한 높은 스타일로 만들기 위해서 한 층마다 층고를 높이 한 것이 특징입니다. 그래서 2층이라고 해도 엄청나게 높아서 혹시 넘어질 수 있으니 연극 도중에는 절대로 무대 창을 열지 않기로 했는데, 너무 더운 날이라서 깜빡 잊고 누군가가 열어 놓은 걸로 보였습니다. 고마쓰는 그런 사정은 모른 채 결투에 열중한 나머지 무심코 막에 기댔다가 그대로 창문에서 굴러떨어졌는데 운 나쁘게도 창문 밑은 돌로 된 차고였기 때문에 보도석에 머리가 깨진 것입니다.

곧바로 근처 병원으로 옮겼지만, 상당히 중태여서 나흘 정도는 생사의 문턱을 넘나들다가 겨우 목숨만은 건졌습니다. 그 후로는 살아 있는 건지 죽은 건지 일체 소식이 끊겼습니다.

빨리 손을 써서 이 사건은 밖으로 알려지지는 않았지만 이 일 때문에 기세가 꺾여 신극 연극회는 해산되었습니다. 그 후 얼마쯤 지나서 어떤 곳에서 이 이야기가 나왔을 때 그 날 구경을 했던 친구가 문득 이렇게 말했습니다.

"그때 클로디어스 왕이었던 사카이가 옥좌에서 내려와서 왼쪽 막 뒤로 들어갔는데 뭘 하러 간 걸까?"

"사카이 말인가……? 그건 언제 적 일이지?"

"고마쓰가 연기한 햄릿이 막과 함께 비틀거리기 조금 전에 말이야"

"그래서 언제 나왔는데?"

"한 오 분 정도 사이 일이었어. 레이어티스가 막 뒤로 들어가기 전에는 돌아와 있었어. 자네는 몰랐나?"

"몰랐어."

사카이가 연기한 클로디어스 왕의 옥좌는 대사를 강조하기 때문에 객석 가까운 무대 앞 끝에 있었는데 그 옆, 즉 무대를 바라보고 대각선으로 오른쪽에 왕비 자리가 있었습니다. 그리고 무대 안쪽으로 우리가 세 줄로 앉아 결투를 구경하고 있었고, 왕 쪽을 쳐다볼 일도 없었기 때문에 사카이가 막 뒤로 들어갔다는 것은 우리 중 누구도 몰랐습니다.

사카이가 막 뒤로 물이라도 마시러 들어간 거라고도 생각할 수 있지만, 고마쓰가 막 속으로 비틀거리며 들어가기 조금 전에, 쇼크라도 받은 것처럼 머리를 흠칫하며 고꾸라진 것을 생각해 보면 어딘가 묘한 기분이 들기도 했습니다. 그러나 지금 말씀드린 것처럼 정면 안쪽 벽은 장식판이 그대로 드러나 있어서 무대를 노골적으로 가로지르는 것 이외에는 오른쪽으로 갈 수 없기 때문에 사카이가 왼쪽 막 뒤로 들어갔다는 것이 오른쪽에 있던 고마쓰의 추락과 관계가 있다고는 생각하기 어렵습니다. 그 무렵 사카이는 언제나 히죽히죽 옅은 웃음을 지으며 뭐라 말하기 어려운 불쾌한 점이 있었고 그와 얘기하면 때때로 이유 없이 소름끼치는 전율을 느낄 때가 많았습니다. 사카이와 나는 친구라고는 해도 아주 가벼운 사이로 이 연극에 동원되었다는 정도의 관계였습니다. 때문에 그런 불쾌함을 참느니 관계가 멀어질 쯤에 슬며시 교제를 끊어 버렸습니다.

내가 대학에 있을 때 아마오 시로나 고사카이 등의 영향을 받아 차이심리학이나 인격심리학을 연구하였습니다. 그러면서 로벅의 성격학(Characterology)*에 큰 흥미를 느껴 본격적으로 성격학을 공부하기 위해서 영국으로 갔습니다. 1925년 봄, 스물여섯 살 때였습니다.

그 후 칠 년여 동안 올포트(Gordon Willard Allport 1897~1967)**에 대해 진지하게 연구했고 고리 도라히코가 연출한 제미에(Firmin-Gémier 1869~1933)***의 '슈젠지 이야기'****를 보고 자극을 받아 연극에 빠지게 되어 무대미술을 연구하기도 하고 아방가르드 연극회에 출연하는 등 놀면서 시간을 보냈습니다. 그러던 1934년 봄에 사카이가 아내 고토코와 열세 살이 된 딸 아유코를 데리고 돌연 런던에 왔습니다.

사카이와는 십 년 만에 만났는데 못 알아볼 만큼 살이 많이 찌고 안정된 좋은 표정이 되어 있었습니다. 성격학 연구로 길러진 안목으로 보면 사카이의 두상은 어서 함부르크 유형 분류에 속하는 전형적인 앗테켄형(型)이라는 것을 알 수 있었습니다. 이런 형의 머리를 지닌 인간은 아무래도 범죄를 일으키는 것밖에는 앞길이 보이지 않는, 선천적으로 어둡고 비참한 운명을 나타

* 안에 골상학도 포함.
** 미국의 사회심리학자.
*** 프랑스의 배우 겸 연출가.
**** 오카모토 기도의 1911년 작 신가부키 대본.

내는 범죄자 타입이었습니다. 관심을 두고 주의 깊게 보니 사카이의 성격 유형은 프라이언펠스(Richard Mueller-Freienfels, 1882~1949)*가 말한 C형, 지적 잔인형이었습니다.

너무 전문적인 이야기는 피하기로 하고, 개성의 진전이라는 개념은 요컨대 그 선조의 일관적인 모든 과정을 표현하는 것으로 혈통에는 선조의 영향이 강하게 남아 있습니다. 바꾸어 말하면 한 인간은 긴 가족사의 개요 같은 것이므로, 도대체 사카이의 조상 중에 어떤 악당이 있었는지 조사해 보고 싶은 충동을 맹렬하게 느낄 정도였습니다. 십육 년 전에 사카이와 얘기하면서 언제나 막연한 혐오감과 공포를 느꼈는네 역시 이런 이유가 있었기 때문이라는 것을 알게 되었습니다.

그런데 놀라운 것은, 사카이의 아내 또한 명확한 범죄형이라는 점이었습니다. 고토코의 귀는 귓바퀴 상부가 꺾여 휘어진 전형적 모델 씨 형 귀였는데 이런 귀의 소유자를 정서적인 범죄형이라고 부릅니다. 범죄를 정서로 미화시켜 도취하는 아주 골치 아픈 성격으로, 말하자면 이 두 사람은 더할 나위 없는 한 쌍의 악당 부부였던 것입니다.

사카이도, 사카이의 아내도 원래 좋아하지 않던 사람들이라서 점차 상대하고 싶은 마음도 없었지만 그런 것을 알게 되자 아유코라는 딸의 불행한 미래가 생생하게 보여 너무 불쌍한 생각이 들었습니다. 그래서 켄싱턴 가든이나 그린 파크 등에 산책하

* 독일의 철학자. 심리학자.

러 가기로 하고 스트랜드에 영화를 보러 가기도 했습니다. 다음 해 봄에 사카이 일가는 이 개월 정도의 예정으로 파리에 놀러 갔다가 무슨 일인지 서둘러 미국을 경유해 황급하게 일본으로 돌아갔습니다.

그 후로 내 생활은 별반 얘기할 만한 것은 없었습니다. 아버지가 남겨준 재산은 물론 도쿄에 있는 집까지 팔아 송금한 후 유럽과 미국을 의미 없이 방황하면서 한심한 생활을 계속했습니다. 런던에 폭격이 시작되기 조금 전에 무일푼으로 일본으로 도망치듯 돌아왔지만, 살 집은커녕 당장 다음 날부터 먹을 돈도 없는 처지여서 친구에게 부탁해 아오야마에 있는 정신과 간호 직원 일을 소개받아 겨우 안도의 한숨을 쉬었습니다.

그러다가 일본 상황이 어려워지면서 내 생활 형편도 하루가 다르게 저하되고 희망 없는 처참한 날들을 보내고 있었습니다. 도쿄에 공습이 시작된 1944년 12월의 어느 저녁, 나는 아오야마행 전차에 타고 있었습니다.

"오랜만이에요, 언제 일본에 돌아오셨어요?"

머리 위에서 들리는 소리에 고개를 들어보니 버진 울*의 세련된 스키복을 입은 22, 3세의 아가씨였습니다. 그 스키복은 1939년 겨울에 '스노우 패션'으로 뉴욕 맥스 백화점이 판매하기 시작한 허드슨베이 블랭킷 기지로 만든 '파인 트리 수트'라는 녹색 스키복의 변형이었습니다. 이렇게 전쟁이 한창인 때에 아무

---

* 처음 털을 깎은 양의 털로 만든 양모. 혹은 새생 울 등을 사용하지 않은 양모.

도 모를 것이라고 생각하고 미제 스키복을 방공복 대신 입고 딴 청을 피우다니 대단한 아가씨임이 틀림없었습니다. 나는 어이없어 하며 얼굴을 쳐다보았는데 누구였는지 기억이 잘 나지 않았습니다. 잠시 말없이 있었으니 이 아가씨는 양쪽 입꼬리를 끌어내리면서 묘한 웃음을 살짝 지으며 말했습니다.

"잊어버리셨네요. 저, 런던에서 항상 졸졸 따라다녔던 그 이상한 여자애예요. 사카이 아유코라구요."

그러고 보니 분명 그녀였습니다. 그때는 퍼렇게 부은 얼굴에 볼품없는 소녀였는데 어떻게 된 일인지 고토코의 젊은 시절과 똑같이 날렵하고 아름다운 얼굴이 되어 있었습니다. 잘 움직이는 민첩한 눈은 일본인으로서는 보기 드물게 대담한 표정을 만들어 냈는데, 안타깝게도 그런 생기 넘치는 느낌이 짙은 아이섀도에 가려졌고, 대로를 활보하는 고등 내시(높은 지위의 상궁)의 얼굴 속에 있는, 어딘가 퇴폐적인 느낌이 섞여 특별한 아름다움을 자아냈습니다. 제제만*의 주형(主型)인 Schalk······창부형이라는 만만치 않은 유형으로 보였습니다. 사카이와 고토코의 범죄적 인자가 합쳐져 아유코와 같은 유형이 나타나다니······. 새삼 성격학의 발견에 일종의 감회를 느끼고 있는데 아유코는 나의 초라한 행색을 보고 내 상황을 눈치챈 듯했습니다. 그녀는 갑자기 거만한 톤으로 "지금 꽤 곤란해지셨나 봐요. 그런 거면 우리가 도와 드릴 수 있을 텐데요. 옛날에 신세진 것도 있잖아요."

* 독일 이름 Sesemann.

라고 거침없이 말했습니다.

건방진 녀석이라고 생각했지만 나는 정말 힘든 상황이었기 때문에 옛정을 봐서라도 좀 도움을 받았으면 하는 생각에 아유코를 따라가기로 했습니다.

사카이의 집은 아카사카 오모테정 언덕 아래에 있었습니다. 저택 입구의 가로등이 어슴푸레하게 주차장을 비추고 있는 것 이외에는 등불 하나 새어 나가지 않도록 꼭꼭 잠가 놓은 것 같은 음산한 분위기였습니다. 집 안으로 들어가자 사카이가 부인과 함께 나왔는데 십일 년 전에 런던에 왔을 때는 통통하게 살이 찐 체형이었으나 지금은 비쩍 말라 쾌활함도 넘치던 여유도 잃어버린 채 학생 시절 어둡고 삐뚤어진 모습으로 돌아가 있었습니다.

사카이와는 반대로 부인 고토코는 혐오감이 들 정도로 심한 비만이면서 또 어딘지 산만하고 불안정해 보였습니다. 사카이는 나 따위에는 어떤 흥미도 없는 듯이 냉담하고 무관심하게 응대하다가 문득 "자네는 정신병리를 전문으로 한다고 들었는데 실례지만 어느 정도 실력인가?"라고 물었습니다.

나는 사카이에게 돈을 빌려 달라고 부탁할 생각이 있었기 때문에 성격학이라는 학문에 대해 올포트의 인격연구법의 15항⋯⋯사회적 프레임 워크에 의한 분석, 인상학적 연구, 특히 인간이 하루에 몇 번 웃는가 등의 각종 행위의 빈도 기록에 의한 분석, 사회적 측정, 세레노의 소위 심리적인 민족지학, 즉 친구 집단이나 지인 집단에 의한 분석, 패턴 및 필적 연구, 행동 테스트, 특수 반응 예상, 심층 분석 즉 무의식 행위의 분석, 자유 연상과 공상의 분석 등 일반인도 이해할 수 있을 만한 예를 들어 성격 연구의 특수 방법을 설명하고 이 연구를 매듭짓고 싶지만 생활이 어려워서 생각대로 되지 않는다고 말했습니다.

사카이는 이 얘기에 상당한 흥미를 느낀 것 같았고 행동 테스트나 심층 분석 방법에 대해 여러 가지 질문을 했습니다. 그리고 이렇게 말했습니다.

"상당히 재미있는 학문이 아닌가. 그런 거라면 별 볼 일 없는 일은 이제 그만두고 아예 우리 집으로 들어오는 게 어떤가. 서양식 건물의 방 두 개를 자네 서재와 거실로 제공할 테니 생활비는 걱정하지 말고 차분하게 저술을 완성하게. 가능한 한 후원을 하겠네. 아유코는 대학에서 심리학을 공부했으니까 자네 조수 정도는 할 수 있을지도 몰라."

그러자 고토코는 기질 전이를 일으킨 괴리병 환자처럼 현저하게 기분이 들떠서 "학문의 본질은 원래 귀족적인 것이지요? 생활 따위에 매달려서 아까운 재능을 썩히는 것에는 반대예요. 네, 그렇게 하세요. 정말 진심으로 그러시길 바라요"라면서 열심히 권했습니다. 아유코는 아유코대로 수상할 만큼 애정이 담긴 태도로 내 어깨에 손을 올리면서 "당신 얼굴, 스틴의 〈죽는 그리스도〉와 똑같이 닮았어요. 오싹할 정도로 음산해요. 아버지는 조수라고 했지만, 댁한테는 지금 조수보다는 간호사가 필요해요. 저 하루 종일 옆에서 간호해 드릴게요. 그야말로 막달라 마리아처럼 매일 발을 씻겨 드릴게요. 시녀처럼 돌봐 드릴 거예요."라고 말했습니다.

나는 사람들에게 호감을 사는 타입은 아니었고 사카이나 사카이의 아내가 학문을 발신할 기지가 되기를 희망할 만큼 고상한 성품을 갖고 있다고 생각하지는 않았습니다. 단 한 번의 설명으로 사카이의 일가가 왜 갑자기 이렇게 호의를 표하기 시작했는지 극단적으로 이기적인 사카이의 평소 행실을 떠올려 보면 어딘가 수상한 느낌이 들기는 했습니다. 하지만 나로서는 단지 지금 직면한 심한 빈곤에서 탈출하고 싶다는 일념으로 깊이 생각해 보지 않고 기쁜 마음으로 사카이의 보호에 몸을 맡기기로 했습니다.

그래서 나는 그다음 날부터 페르치히풍의 호화로운 방에 자리를 잡고 아유코로부터 좀 과도할 정도의 봉사를 받으며 저술 작업을 흉내 내게 되었습니다. 그러고 보면 아유코는 한번 이렇다고 생각하면 광신에 가깝게 그 생각에 몰입하는 타입이었습니다. 때로는 환시나 환청 증상까지 있었고, 의식을 응집시키면 자유자재로 신이 보인다는 영매적인 소질을 가진 이상한 아가씨라는 것을 알게 되었습니다. 따라서 일상생활에서도 상식적으로 판단할 수 없는 기발한 부분이 많았는데, 특히 미신에 빠져 있어서 스푼 바깥쪽에는 절대 입술을 대지 않는다거나 계단은 반드시 왼발부터 올라간다는 등의 하나하나가 아유코에게는 상당한 의미가 있는 일이었습니다. 그런 이상한 프레임 속에서 생활하므로 애정을 표현하는 방식도 보통 사람들과는 달랐습니다. 수치심 같은 감정은 조금도 없는지 사람들 앞에서도 거리낌 없이 극단적인 애정 표현을 할 정도였으니까요.

이렇게 과민한 면이 있는 아가씨라 내가 저술에 열의가 없다는 것을 금방 간파했지만 아유코로서는 오히려 그게 더 마음에 든 듯, 그 이후로 매일 뭔가 이유를 붙여서 놀러 가자고 밖으로 이끌었습니다. 사카이는 자식 교육이란 것에 대해 얼마나 안이한 생각을 가졌는지 모르겠지만 아유코의 핸드백에는 항상 깜짝 놀랄 만큼의 돈이 들어 있을 뿐 아니라 비합법적인 레스토랑이나 비밀 바, 댄스홀, 바카라 클럽 등을 정말 잘 알아서 마치 일하러 가듯이 여기저기로 돌아다녔습니다.

2월 날 산나에 노이탄이 떨어진 날, 둘이서 즈시에 있는 어떤 집 와일드 파티에서 실컷 춤을 추고 난 후에 집으로 돌아가지 못하고 그 집에서 묵게 되었습니다. 내가 파자마로 갈아입었을 때 아유코가 잠이 쏟아지는 어린아이 같은 표정으로 들어와서 "지금 마리우스의 영혼이 찾아왔어요."라며 몽롱한 목소리로 말했습니다.

깜빡 잊고 아직 말하지 않았는데 마리우스의 영혼이란 정기적으로 아유코에게 나타나 운명을 예언하고 여러 가지 조언을 해 주는 친절한 영혼이라고 했습니다. 이 영혼이 내려오면 아유코는 다른 사람처럼 따뜻하고 정감 있는 아가씨가 되는데, 그날 밤도 또 그런 식으로 그 집 마담에게 빌린, 발까지 덮이는 길고 히안 잠옷 자락을 끌면서 흐릿한 눈빛으로 서 있었습니다. 그 모습은 마치 무대에서 본, 제정신을 잃은 오필리아와 똑같이 닮아 있었습니다. 나는 또 시작이구나 생각하며 "그래서 마리우스의 영이 뭐라고 했어?"라고 물었습니다. 아유코는 나와 나란히 침대에 걸터앉으며 말했습니다.

"당신의 인자와 나의 인자는 1601년 2월 10일에 어딘가에서 헤어졌다가 오늘까지 3세기 동안 만나지 못했대요. 그래서 오늘 밤 열두 시까지 두 사람이 결혼하지 않으면 지금부터 다시 3세기 동안 서로를 찾아 다녀야 한다구요. 난 그런 건 싫어요. 아무래도 좋으니까 결혼해 주세요. 열두 시까지 앞으로 십 분밖에 안 남았어요. 우물쭈물하지 말고."

그리고는 부드럽게 내 목에 손을 감고 나를 침대로 밀어서 넘어뜨렸습니다.

이렇게 두 사람의 관계는 안 좋은 쪽으로 깊어져 사카이의 우정을 배신한 셈이 되었는데, 사카이 부부도 처음부터 우리 둘 사이를 허용하는 듯했습니다. 추궁하기는커녕 오히려 권하는 듯한 태도를 보이기도 했습니다.

두 사람이 그런 관계가 되고 한 달 정도 지난 4월 초 어느 날, 사카이가 나를 서재로 불러 갑자기 이런 이야기를 꺼냈습니다.

"소후에 군, 자네는 고마쓰가 아직 살아 있는 걸 알고 있나?"

"고마쓰? 어떤 고마쓰 말인가?"

"삼십 여 년 전에 햄릿 역을 했던 그 고마쓰 아키마사 말일세."

"정말인가? 전혀 몰랐는데. 그래서 지금은 어떻게 지낸다고 하나?"

처음 듣는 얘기였기 때문에 나도 깜짝 놀라 묻자 사카이는 시치미 떼는 얼굴로 말했습니다.

"고마쓰가 미친 것은 자네도 알고 있겠지만 정말 이상했어. 의식은 되찾았지만, 고마쓰 아키마사의 과거 기억은 전부 소실되고 햄릿의 기억만 남아 있다네. 기억상실증과 정신괴리증의 합병증 같은 거라고 할까, 자네는 이런 분야가 전문이니 잘 알겠지만. 그 후로 고마쓰는 오치아이에 있는 집에서 삼십 년이나 햄릿이 된 채로 살아 있었어. 그래서 자네에게 하나 부탁이 있는데 말이야."

사카이의 의뢰는, 세상 분위기도 이러하니, 가능하다면 그를 해방시켜 주는 것이 누구를 위해서도 좋을 텐데……그가 도망칠 가능성이 있는기 없는지 알아봐 줬으면 한다는 것이었습니다.

고마쓰 아키마사는 단정한 용모와 명석한 두뇌를 가진 우수한 청년으로 우리 동년배들 중에서는 동경의 대상이었습니다. 특히, 나는 한때 은밀하게 동성애적 감정을 느낀 적도 있었기 때문에 고마쓰가 삼십 년이나 가까이 그런 비참한 생활을 했다는 이야기를 들으니 뭐라고 말할 수 없는 불쌍한 기분이 들어서 그를 자유롭게 해 주고 싶어졌습니다.

"정말 불쌍한 얘기로군. 당연히 살펴봐 주겠네." 이렇게 대답하자 사카이는 상당히 기뻐하며 말했습니다.

"자네가 해 준다면 안심이네. 잘 모르는 정신과 의사 따위에게 돌리는 것도 불쾌했는데……. 그런데 곤란한 점이 하나 있네. 그녀서 성격이 까다로워서 의사 같은 사람을 일체 옆에 오지 못하게 하니까 간호사인 척하고 들어가 살면서 슬쩍 상태를 보는 수밖에 없는데…… 그것도 괜찮겠나?"

"그런 것쯤이야 별거 아니지."

"고맙네. 집사 기타야마에게도 자네를 새로 고용한 간호사라고 해 둘 테니 그것도 알아두게."

다음 날 일찍 집을 나서서 버스로 오치아이까지 가서 성모병원 앞길로 들어가자 막다른 길에 고마쓰 저택이 보이기 시작했습니다. 계산해 보니 그때부터 벌써 이십팔 년이나 지난 셈인데 집의 정면이 조금 더러워지고 차고 옆에 방공호를 판 것 이외에는 아무것도 변한 게 없었습니다. 초인종을 누르자 사카이가 전화를 미리 해 둔 듯, 집사 기타야마가 현관에 나왔습니다. 이십팔 년 전 연극 공연에 끌려가서 폴로니어스 역을 맡았던 무렵의 모습은 어디에도 없고, 옛날에 위엄이 있던 콧수염도 긴 턱수염도 새하얗게 되어 그대로 폴로니어스의 역을 할 수 있을 것 같은 마스크였습니다.

기타야마는 나를 응접실로 데려가서 뭔가 사연이 있는 얼굴로 경력 등을 묻고 나서는 다음과 같이 말했습니다.

"자세한 얘기는 사카이 씨 댁에서 들으셨지요? 매일 한심한 촌극 같은 것을 해야 하는데 바보 같다는 생각이 들겠지만 그것만 참아 주면 여기 생활도 그렇게 나쁘진 않습니다. 체온 검사는 두 번, 격일로 소변검사, 기질 상태를 병상 일지에 쓰고⋯⋯일은 이런 정도인데, 댁의 전임자는 상당히 감상적으로 되어서 환자가 부당 감금을 당하고 있다는 망상을 일으키고는 쓸데없는 소리를 주위에 하고 다니고 경찰에 투서하고 마치 메이지 시대 소마사건 같은 소동을 혼자서 일으켰습니다. 결국에는 I·I(전염성 정신병)이 되어 정신병원에 들이가 버렸습니다. 여기 환자는 묘한 친화력이 있어서 당신도 이상한 매력에 끌리지 않도록 충분히 주의하시길 바랍니다."

이런 이야기를 하고 있는데 캔에서 막 꺼낸 아스파라거스처럼 통통하고 하얀, 어딜 봐도 간호사로 보이는 이십오육 세 정도의 여자가 들어와서 의자에 앉았습니다. 그녀는 화려한 속옷이 드러나 보일 정도로 무릎을 벌린 채 앉아서 턱을 괴고 말했습니다.

"댁이 이번에 온 분이죠? 저는 여기서 시녀 역을 맡고 있어요. 하지만 상황에 따라서는 거트루드 왕비가 되기도 하고 오필리아가 되기도 하고…… 그때그때 달라요."

그녀는 오싹할 정도로 음흉한 눈빛을 흘리면서 말했다.

"아시겠어요? 그때그때 그쪽 기분에 따라서 아가씨도 중년도 될 수 있어요. 그러면 잘 부탁해요……난 헤소무라 아이코…… 하지만 이마무라라고 불러 주세요. 왜냐하면 헤소무라는 너무 노골적이라서요……"

상당히 재미있어서 못 참겠다는 듯 배를 잡고 호호호 웃더니 갑자기 뚱해져서는 입을 뗐다.

"댁은 정신병리를 공부하셨다는데 햄릿의 성격을 어떻게 생각하세요? 일반적으로는 정의롭고 다감한 청년인 걸로 알지만 그건 다 거짓말이죠. 예를 들면 3막 4장에서 어머니를 탓하면서 "무슨 일로 저를 여기에 부르셨습니까?"라고 하기도 하고 "도대체 무슨 심산입니까! 광기가 아니라는 증거로 조금 전에 한 말을 그대로 되풀이해 보이겠습니다." 등 진지하게 제정신인 듯이 말하지만, 자신이 미치지 않았다고 항변하는 병식(病識) 결여는 광인들에게 보이는 징후이고, 기억력이 좋고 같은 말을 틀리지 않고 반복하는 것도 어떤 종류의 정신병에는 흔히 있는 일이겠지요. 셰익스피어라는 사람은 묘한 남자예요. 광인을 주인공으로 하고 제정신인 사람을 주변에 가득 배치하다니 정말 짓궂은 취향이죠. 결국 햄릿의 비극은 미친 사람의 망상 때문에 주변 사람들이 하나하나 희생이 되어 가는 '광기의 비극'이라고 할 수 있겠죠. 도대체 그런 것에 무슨 예술적 가치가 있는 걸까요? 톨스토이는 서문의 가치도 없다고 헐뜯었는데 거기엔 나도 동감이에요. 그런 '광인극', 제정신으로 봐줄 만한 작품이 아니지요."

그녀는 의상 분일증(意想奔逸症) 환자처럼 산만한 태도를 보이며 끊임없이 떠들었습니다.

기타야마는 손바닥으로 수염을 매만지면서 창문 너머 정원을 보고 있었는데 헤소무라가 이야기를 일단락짓자, '그러면 이제 환자를 만나게 해 주겠다'며 긴 복도 끝에 있는 견고한 떡갈나무 문을 열었습니다. 그는 안으로 들어가 나에게 잠시 기다려 달라고 하고는, 바닥까지 무겁게 내려 덮인 암적색 벨벳 커튼 속으로 헤소무라와 둘이서 들어가 버렸습니다.

나는 의자에 앉아서 삼십 분 가까이 기다렸는데 아무리 기다려도 나오지 않았습니다. 어떻게 된 일인가 커튼 속을 살짝 들여다보니, 건너편에는 아름다운 모자이크 바닥이 깔린 넓은 방에 다이아몬드 격자 모양의 채광창이 시원하게 배열되어 있었습니다. 왼쪽에는 측랑을 가로지르는 원기둥들이 높은 볼트 천장을 지탱하고, 스테인드글라스 장미창에서 들어오는 봄의 햇살은 바닥 위에 그림을 그려내고 있었습니다. 정면 안쪽에는 튜들 식 수직 문양으로 장식된 옥좌가 있었는데 옆에는 사자 머리를 조각한 등받이가 높은 의자가 하나 놓여 있었습니다.

얼핏 보니 정원을 따라서 난 긴 측랑에 부드러운 블론드 머리를 땋아서 가슴까지 늘어뜨린 소녀가 레이스로 된 조끼와 고래 뼈가 들어간 스커트를 입고 커다란 스페인 부채를 들고 있었습니다. 길고 하얀 겉옷에 금실로 짠 망토를 걸친 노인과 어깨를 나란히 하고 사뿐사뿐 걷는 소녀의 모습은 보는 사람의 마음을 두근거리게 하는 우아한 향기를 가냈습니다

이때 나의 당혹감을 어떻게 표현해야 할지 모르겠습니다. 이대로 엘리자베스 시대 속에 갇혀서 다시는 현대로 돌아올 수 없게 되는 것이 아닐까. 정체 모를 불안감에 휩싸인 나는 문득 몸이 떨려 왔습니다.

폴로니어스 분장을 한 노인은 기타야마이고 블론드 가발을 쓴 소녀는 결국 헤소무라라는 것을 금방 정신을 차리고 알아보았지만, 이 도쿄 한구석에, 그것도 이런 전쟁 중에 엘리자베스 시대의 생활이 맘껏 펼쳐지고 있다는 사실은 정말 상상도 하지 못한 일이었습니다.

두 사람은 곧 커튼을 걷고 대기실로 돌아왔는데, 벽 쪽에 놓인 커다란 의상함에서 타이즈, 자수가 놓인 옷, 붉은색 수염, 장미계(長尾鶏) 깃털로 장식된 모자, 가느다란 검, 은색 금속 장식이 사용된 발끝이 올라간 묘한 구두⋯⋯그런 것을 꺼내어 나에게 입히고 정면 안쪽 옥좌 앞으로 데려갔습니다. 아까 틈새로 엿

보았을 때는 기둥의 그늘에 가려 보이지 않았는데, 옥좌 오른쪽에 아라베스크 조각이 된 받침대 위에 등신대 성모상이 조금 아래쪽을 향해 서 있는 것이 보였습니다……아니, 마리아상(像)이 아니었습니다. 잘 보니 그것은 헤일로 대신에 꽃 관을 쓴 오필리아상으로, 분으로 장밋빛 볼을 물들였고 팔에는 물망초나 자운영, 거여목(클로버) 등 소박한 들꽃을 안고서, 뭔가 말을 걸어오는 듯이 앞쪽으로 조금 목을 기울인 자세로 서 있었습니다. 그것은 루벤스가 그린 오필리아의 얼굴이 아니라, 하얗고 갸름하면서 상냥한 눈과 눈썹을 가진 고토코의 얼굴이었습니다.

폴로니어스는 나를 왕좌 앞에 남겨두고 왼쪽 클로버형 문 앞에 가서는 손을 입에 댄 채 가볍게 헛기침을 했습니다. 그러자 문 안쪽에서 "누가 이렇게 자꾸 짐을 찾아와 괴롭히는가. 아아, 인생의 번뇌여. 영원의 잠에 빠지고 싶구나"라는 몽롱한 목소리가 들려 왔습니다.

곧 무거운 발소리가 들리면서 검은 실크 윗옷에 은색 벨트를 하고 삼중으로 접힌 옷깃을 단 육십 세 정도의 남자가 시선을 내리깔고 알현실로 들어와서는 조용히 단상 위로 올라가더니 왕좌에 앉았습니다.

그런데 이 얼마나 훌륭한 얼굴인지. 운명을 인내하고 순종하는 듯한 조용한 눈빛, 높은 지성을 나타내는 창백하고 넓은 이마, 관용을 나타내는 부드럽게 다문 입술. 이렇게 이마에 손을 대고 아래쪽을 내려다보고 있는 모습은 정말 햄릿다웠습니다. 이빙도, 메리모어도 이렇게 훌륭한 육체화는 하지 못했을 거라는 생각이 들 정도였습니다. 그러나 아직 오십사 세밖에 안 된 그에게 머리 아래쪽에 이상하게도 풍성한 백발이 보였고 눈에도 이미 노인의 주름이 생겨 근래 이십팔 년간의 세월이 고마쓰에게 얼마나 처참한 시간이었는지를 충분히 이야기해 주고 있었습니다.

폴로니어스는 조용히 나아가서 대사처럼 말했습니다.

"폐하, 로젠크란츠가 왔습니다."

햄릿은 조금 눈을 들어 똑바로 나의 얼굴을 바라보고는 제2막 제2상의 대본내로, "아아, 빈갑구니. 어께, 로젠크란츠, 지내기는 좋은가?"라고 물었습니다.

나도 곧바로 "그저 평범합니다."라고 분위기를 맞추자, 햄릿은 지그시 눈을 고정한 채

"친구로서 솔직하게 묻겠네만, 이 엘시노어에는 무엇을 하러 왔나? 두 폐하들로부터 전갈을 받았겠지? 자네의 뜻으로 좋아서 온 건가? 임의의 방문인가? 자, 솔직히 말하게."라고 스며 나오는 듯한 목소리로 말했습니다.

이것은 2막 2장의 대사 그대로였지만 사카이의 뜻을 받아서 온 것을 꿰뚫어 보는 듯해서 조금 멈칫하자 고마쓰는 바로 놓치지 않고 말했습니다.

"이보게, 로젠크란츠. 친구로서 신의, 어릴 적 교우를 생각한다면 숨기지 말고 진실을 말해 주게. 명을 받은 것인가, 어떤가?"

내가 너무 심각하게 생각한 것인지는 모르지만 고마쓰는 내 정체를 알아보고 내가 이런 곳에 온 것을 수상하게 여기게 된 것

은 아닐까. 연극이라면 여기서 같이 온 상대에게 상담할 수 있겠지만 그럴 상대도 없어서 "명을 받았습니다."라고 솔직하게 말했습니다.

다음 날부터 조정 대신 혹은 로젠크란츠로서 생활이 시작되었습니다. 오전 여덟 시에 물병과 잔을 들고 햄릿의 침실로 갑니다. 이것은 세수와 양치용 물인데, 그때 방구석에 있는 향로에 용연향*을 던져 넣습니다. 그러면 시녀가 조식을 가져오는데 그것을 받아서 식탁에 차리고 햄릿의 식사가 끝날 때까지 옆에 서서 파리채로 파리를 쫓는 흉내를 내야 합니다.

목제 그릇에 담긴 빵에 야채를 곁들여서 간소한 조식을 손으로 들고 먹고 나서, 더러워진 손가락을 나무 그릇에 담긴 물에 헹구고 그 물을 마시고는 냅킨으로 깨끗이 입술을 닦으면 이것으로 아침 식사가 끝납니다. 식사가 끝나면 고마쓰는 알현실로 가서 오필리아상 아래에 무릎을 꿇고 무언가에 대해 긴 기도를 합니다. 그 가름에는 책을 읽으러 거실로 가거나 때로는 정원으로 산책을 나갑니다. 이런 것을 반복할 뿐입니다만 고마쓰의 정신 상태는 비가 올 때 가장 또렷하고 흐린 날이 그다음으로 괜찮았는데, 날씨가 쾌청한 날은 현저히 들떠 있어서 하루 종일 진정되지 않아 제대로 된 사고가 어려운 상태를 보였습니다.

여러 가지로 관찰해 보니, 심하게 공상에 빠지는 등의 이상 경솔, 충동 행위, 감정의 심한 전환도 없었고 강박관념이나 환각에

---

* 향유고래에서 채취하는 향료.

빠지는 것도 보이지 않았으며 때때로 경도의 편두통을 호소하거나 말을 시작하는 것이 늦은 듯했지만 언어장애로 인정될 정도는 아니었습니다.

그러다가 나는 고마쓰가 정신병의 잡다한 증상군을 맥락 없이 모방한다는 것을 알았습니다. 정신병 증세라는 것은 원래 서로 유기적인 연결 지점을 가지면서 상당히 명료한 군을 일구는데 고마쓰의 증상을 보면, 흥분하지만 조양병에 찾아오는 상쾌함, 의지분일증(意志奔逸症)*이 결여되어 있었고, 또 긴장 증세 같은 부자연스러운 행위나 현기증도 없었으며 특히 지남력**이 없는 듯한 흉내를 내어서 오히려 진짜 질병이 아닌 것을 알게 했습니다. 때로는 기억상실증 흉내를 내지만 의식은 상당히 맑았고, 모든 증상을 흉내 낼 수는 없었습니다. 또 당의즉답증*** 같은 흉내를 내지만 긴장병**** 환자처럼 기발한 대답이 아니라 감정과 의지의 장애는 조금도 인지되지 않았습니다.

이런 점에서 고마쓰는 발광해서 정신병원에 입원한 간호사의 상태를 자세히 관찰해서 그대로 잘 모방한 것은 아닌가 생각이 들었습니다. 정신병학(psychiatry)의 통속적인 지식을 얻고 싶어도 그런 책을 입수할 수단도 기회도 고마쓰는 전혀 갖지 못했기 때문입니다.

* 의지가 과다하게 분출되는 증상.
** 자신이 놓여 있는 상황을 올바르게 인식하는 능력.
*** 질문에 대해 옳은 답을 알고 있으면서도 모르는 체하거나 입에서 나오는 대로 대답을 하는 증세.
**** 흥분이나 혼미를 주된 증세로 하는 조현병.

그러나 현대의 정신병학은 S·M*이라는 것의 존재를 의심하여 미친 척하는 사람은 이미 병적 성격자라는 것이 정설이 되어서 모방이라고 생각한 것도 의외로 진짜일지도 몰랐고, 그런 판단은 상당히 어려운 것이었습니다. 일주일 정도가 지났을 때 늘 하던 대로 햄릿이 책을 보는 옆에서 파리를 쫓고 있었는데 햄릿은 만차누스의 「전원시(Eclogues)」를 읽으면서 기묘한 몸짓을 했습니다.

이것은 고마쓰의 애독서 중 하나였는데 이 날도 어딘가 마음에 드는 부분에 도달한 듯, 낮은 목소리로 낭송하면서 끊임없이 페이지를 넘기고 있었는데 문득 보니 오른손 집게손가락과 가운뎃손가락이 딱 장 근처에서 리드미컬하게 움직이는 것이 보였습니다. 나도 처음에는 아무 생각 없이 보고 있었는데 그러다가 갑자기 어떤 것이 떠올랐습니다. 나의 지인 중 한 사람이 독서에 열중하면 언제나 조끼의 가슴에 걸린 시곗줄을 리드미컬하게 가지고 노는 버릇이 있었습니다. 이런 우연한 행위를 하는 사람의 예를 들어 보려고 하니 얼마든지 생각이 났습니다. 나를 자극한 것은 결국 이 기억이었습니다. 햄릿의 윗옷 가슴 부분에 여러 가닥의 끈으로 꼰 가느다란 장식이 붙어 있어서 햄릿은 그것을 리드미컬하게 만지고 있었습니다. 그 끈은 이 경우에는 관념 속에서의 시곗줄 대신의 역할을 하는 것이 아닐까 생각되었습니다. 햄릿이 시계 줄을 만진다…… 햄릿처럼 현대의 기억을

* 양광(佯狂). 거짓으로 미친 체함.

상실한 괴리성 추상상실증은 절대 있을 수 없는 것이었습니다. 나는 이 점에 매우 흥미를 느꼈는데, 이것은 증상 행위인지 우연 행위인지 아니면 단순한 경련 운동인지 습관적인 것인지 고립적인 것인지⋯⋯이것만은 어떤 결정도 내릴 수 없었습니다. 하지만 계속해서 일어난 다음과 같은 사정이 이 의문에 명확한 방향성을 부여해 주었습니다.

그로부터 이틀 후에 나는 저녁 무렵 햄릿과 창가에서 체스를 두고 있었습니다. 그러다 보니 창밖은 점차 어두워지고 체스판 위도 어둑어둑해졌으므로 나는 벨이 연결된 줄을 흔들어서 촛대를 가져오게 했습니다. 햄릿은 열심히 체스판을 바라보면서 옆에 있던 작은 탁자 쪽으로 비스듬히 오른손을 뻗더니 계속 무언가를 찾는 흉내를 내었습니다.

그 행동이 내 주의를 끈 이유는 탁상의 전기스탠드의 스위치를 찾는 손끝으로 보였기 때문입니다. 그 탁자 위에는 둥근 갓으로 덮인 청동제 성궤가 놓여 있었는데 그 형태는 우리들 책상 위에 있는 전기스탠드와 매우 비슷했습니다.

정형성 편집광의 관념 속에 엘리자베스 시대와 현대가 병존할 리는 없으므로 이것이 만일 전기스탠드 스위치를 찾는 동작이었다면⋯⋯ 즉 햄릿의 실수였다면 햄릿은 완전히 치유가 되었으면서도 무언가의 필요에 의해 광인 흉내를 내고 있다고 생각할 수밖에 없었습니다.

나는 여러모로 생각해 본 끝에 간단하지만 매우 효과적인 작은 실험을 해 보였습니다. 그것은 고마쓰의 방심을 틈타 갑자기

나이를 물어 보려는 실험이었습니다. 이것에 대해서 나는 두 가지 방향의 대답을 예상했습니다. 즉 스물여섯 살과 쉰네 살……스물여섯 살이라는 것은 그 불행한 사건이 있었던 연령이었고, 쉰네 살은 햄릿의 현재 연령입니다. 고마쓰가 만약 스물여섯이라고 대답한다면 고마쓰는 상당히 주의 깊거나 여전히 기억이 단절된 상태에 있다고 생각할 수 있고 반대로 만약 쉰네 살이라고 대답한다면 그는 가짜 환자임을 나타냅니다.

나는 햄릿의 대답에 흥미와 기대를 품고 있었지만 의외로 햄릿은 나의 예상을 완전히 뒤집고 마흔네 살이라고 대답했습니다. 이것으로 나는 햄릿의 정신병은 이미 십 년 이전에 자연 치유된 것이 아닐까 생각하였고, 그런 내용을 편지로 사카이에게 보고했습니다. 그러자 다음 날 사카이로부터 즉시 오라는 내용의 전화가 걸려 왔습니다.

사카이의 집에 가 보니 사카이는 안절부절못하면서 서재에서 기다리고 있었습니다. 내가 의자에 미처 앉지도 앉았는데 그가 먼저 말을 꺼냈습니다.

"자네의 보고서를 읽었네. 고마쓰의 광기가 나은 게 아닐까 하는 의심은 나도 예전부터 품고 있었어. 그걸 처음 알아챈 사람은 집사 기타야마였는데 바로 파리로 전보를 보내 주었지."

"어떤 일이 있었는데?"

"고마쓰가 하룻밤 새 백발이 되어 버렸다는 전보였어."

"그래서 그때 황급하게 일본으로 돌아온 건가?"

"그렇네. 하지만 제정신이 돌아왔다면 소송이라도 해서 정당한 권리를 주장하는 게 당연할 텐데. 미친 척 하면서 시치미 뗄 이유가 없으니 말이야. 그리고 그대로 계속 변화는 없었는데 작년 말에 자네가 집에 오기 조금 전에 아유코가 갑자기 영적인 감을 받았어. 역시 고마쓰가 병이 나아서 우리에게 복수하려는 기회를 노린다는 내용이었네. 자네도 잘 알겠지만 아유코의 영적인 감은 잘 맞으니까. 그래서 내가 가서 상태를 봤는데 도저히잘 모르겠더군. 그때 마침 자네가 나타나 줘서 진찰을 의뢰하게된 걸세. 어쨌든 고마쓰가 나았다는 것은 사실인 거군." 사카이는 빠른 어조로 지껄였습니다.

나는 학문적인 흥미로 깊이 생각하지도 않은 채 사카이에게그냥 보고를 했지만, 사카이의 잔혹해 보이는 인상을 보고 있자니 자칫 잘못하면 고마쓰의 운명을 나쁘게 바꾸게 될지도 모른다는 생각에 불안해졌습니다.

"잠깐 기다리게. 그렇게 간단하게 판단해서는 안 되네. 그런건 보고도 아무것도 아니야. 에세이 같은 거지."

내가 말하자 사카이는 딴청을 피우며 뭔가 생각하고 있다가갑자기 뒤를 돌아서 내 얼굴을 지긋이 바라보았습니다.

"뭔가 나에게 숨기는 게 있지 않은가? 자네가 만약 그런 태도를 취한다면 우리 사이는 무섭게 어색해질 거라고 생각되는데."

"그게 무슨 뜻인가?"

"무슨 뜻이냐구? 시치미 떼지 말게. 자네는 성격학의 대가니까 내가 어떤 인간인지 잘 알고 있을 거야. 숨길 수는 없지."

"그런 말을 하는 걸 보니, 역시 그때 자네가 고마쓰를 해치웠던 거군. 고마쓰가 막 안으로 쓰러지기 전에 목을 흠칫했는데, 그건 결국 막 너머에서 몽둥이나 무언가로 고마쓰의 머리를 때린 거지. 그런데 도대체 어떻게 무대 왼쪽에서 오른쪽으로 간 건가?"

"간단하지. 창밖에 사람이 한 명 지나갈 정도의 흉벽이 있지. 모두 결투에 열중해 있을 때 왼쪽 막 뒤 창으로 나가 오른쪽 창으로 들어가서 햄릿이 막에 기대기를 기다렸지."

"고마쓰의 재산을 빼앗으려고 처음부터 계획했던 거였군."

"그래, 상당히 오랫동안 연구했지. 그런 바보가 오백만 엔의 재산과 아름다운 정혼자를 두고 있는데 나 같이 우수한 인간에게는 단 천 엔의 자산도 없다는 게 아무리 생각해도 불합리해서 말이야. 게다가 그 녀석은 책만 읽으면 되는 인간인데 나는 노는 것과 사치를 좋아하니 돈이 많이 필요했지."

"그러면 고토코 씨도 같은 심산이었던 거군."

"물론 그렇네. 왕비의 의자는 옥좌 바로 옆에 있으니 고토코가 한패가 아니면 그런 수법은 쓸 수 없지. 고마쓰는 몰랐겠지만 우리는 그 사건이 있기 일 년 전부터 그런 사이였네."

"그래서 도대체 나보고 뭘 하라는 건가?"

"얘기가 빨라서 좋네. 그러니까 미친 게 정말 나았다면 자네 손으로 고마쓰를 잘 처리해 줬으면 하네. 그 녀석이 재산 반환 청구 소송을 걸면 우리는 그다음 날부터 무일푼이 되어야 해. 그건 말도 안 되니까 말이야. 변호사나 변리사 같은 시끄러운 녀석이 가까이 가지 않도록 이십팔 년간 계속 기타야마를 감시 역으로 붙였는데 어떤 방법으로 외부와 통신을 안 한다고만 볼 수 없으니까. 어떤가, 소후에 군. 해 보지 않겠나? 조건은 좋네. 재산의 오분의 일을 아무 말 않고 자네에게 주겠네. 물론 아유코도 말이야. 그 정도 조건으로 수락하지 않겠나?"

나는 도저히 용서할 수 없는 기분으로 말했습니다.

"나이를 먹고서 잔인해졌군. 이백 명이나 되는 관객을 앞에 두고 솜씨를 뽐냈던 자네가 아닌가. 나 따위한테 부탁하지 말고 자네가 직접 하는 게 빠르고 편할 텐데……."

그러자 시기이는 코웃음을 치며 말했습니다.

"나는 고마쓰의 머리를 쳤지만 떨어뜨린 적은 없네. 고마쓰가 혼자 떨어진 거지. 그 점은 오해가 없길 바라네. 원래 나는 양심의 힘을 믿으니까 살인만은 절대 하지 않네. 도둑질도 성격에 맞지는 않지만, 세상에 사람을 죽이는 것만큼 한심한 일은 없지. 어떤 일도 살인의 쓴맛이 배면 금세 격이 떨어져. 나는 쾌락을 위해서 고마쓰의 재산을 빼앗았으니 스스로 즐거움을 반감시키는 바보 같은 짓은 하지 않는 걸세."

사카이는 옛날부터 균형 잡힌 상식을 갖고 어떤 경우에도 절대 흥분하지 않는다는 것을 나도 알고 있었습니다. 하지만 이 정도로 철저한 악당이리라고는 그날까지 한 번도 생각해 본 적이 없었습니다.

"살인은 언제나 남에게 시킨다는 것으로 정해 두면 지네는 평생 양심의 가책을 받지 않는다는 논리인데, 너무 뻔뻔한 거 아닌가? 자네는 그래서 편하겠지만 나는 꺼림칙하네. 나에게도 양심은 있으니 말이야."

이 말을 들은 사카이는 천천히 시가의 재를 떨면서 말했습니다.

"소후에 군, 진정하고 잘 생각해 보게…… 살아 있는 것보다 죽은 게 행복하다는 부류의 인간은 분명히 있다고 생각하네. 어떻게 보면 본인도 더 살고 싶지 않다고 생각할지도 몰라. 단지 용기가 없어서 자살하지 못하는 거야. 도와줄 생각은 없나? 하지만 자네가 싫다면 기타야마가 할 걸세. 그 외에도 하고 싶어 하는 녀석들은 얼마든지 있어. 때에 따라서는 고토코도 독을 타는 일 정도는 해낼 거야."

그리고 사카이는 갑자기 내 손을 잡고서 말했습니다.

"소후에 군, 아유코가 불쌍해. 그 녀석은 정말 자네에게 반했네. 가능하면 자네가 데려갔으면 하는데……하지만 아무리 아유코가 불쌍하다고 해도 언제 적이 될지 모르는 인간한테 하나밖에 없는 딸을 줄 수는 없지. 내가 자네에게 햄릿을 죽이라는 것은 자네가 아니면 햄릿을 죽일 수가 없어서가 아니야. 자네도 나처럼 약점을 가져 달라는 걸세. 장인을 협박하는 건방진 짓을 하지 않도록, 자네도 한 번 진흙탕에 빠져 달라는 거야……대답은 지금 당장하지 않아도 좋네. 뭐 내일까지 천천히 생각해 보게."

사카이는 하고 싶은 말을 다 하고는 느릿느릿 서재에서 나갔습니다.

그리고 3일 후에 햄릿의 거실 책장을 정리하다가 책장 뒤의 벽에 나이프로 세심하게 새긴 묘한 숫자를 발견했습니다.

숫자만으로는 아무것도 설명되지 않았지만, 숫자 위에 붙은

0/2/35 기호를 보니 이것이 무엇을 의미하는지 저절로 이해가 되었습니다. 아시겠지만 이 지렁이 같은 형태는 이집트 고대 생리학에서 대뇌를 나타내는 기호였기 때문입니다.

햄릿의 정신 착란은 이미 십 년 전에 자연 치유되었음이 이것으로 의심할 여지없이 확실해졌습니다. 즉 햄릿은 1935년 2월 중에 제정신을 찾고 그 기념을 위해 그날 날짜를 새겨둔 것이었습니다. 날짜가 0으로 된 것은 며칠부터 제정신이 돌아왔는지 날째의 경계가 무호했기 때문이었을 텐데 여러 사정을 참작하면 햄릿의 의식이 제대로 돌아온 것은…… 밤중부터 아침까지의 시간이었을 거로 추정되었습니다.

햄릿이 제정신을 찾은 것은 두꺼운 구름 속에서 달이 얼굴을 내미는 것처럼 매우 서서히 진행되어 정상적인 자의식에 도달하기까지는 상당한 시간이 걸렸을 텐데……의식이 정상의 문턱에 도달했을 때 햄릿은 타이츠를 신고 검을 차고 있는 자신의 우스꽝스러운 모습을 깨닫고 무슨 뜻인지 이해하지 못한 채 망연자실했을 것임이 분명합니다. 그리고 그 시간이 지나고 나서 이 의문을 해결하기 위해 상당한 노력을 한 후에 무대에서 레이티어스와 결투했던 연극 공연을 기억해 냈을 겁니다. 자신이 그날 이후로 상당한 세월 동안 미친 채로 있었다는 사실을 알게 되었겠지요. 누군가가 막 저편에서 강하게 머리를 때렸고 그 일이 광기의 발단이 된 것도, 지금도 자신이 뭔가 복잡한 위험 속에 있다는 것도…… 그리고 사건의 진상을 충분히 알게 되기까지는 갑자기 정신을 찾게 된 것을 누구에게도 알리지 않는 편이 좋겠다는 생각에 도달했겠지요. 햄릿이 정신이 돌아온 것이 밤에서 아침 사이였다는 것은 이런 이유인데 그 사태가 낮이었다면, 적에 대한 방비가 되지 않은 상태에서 기타야마에게 여러 질문을 당하고, 상대는 확실히 제정신이 돌아왔음을 눈치챘을 것이기 때문입니다. 이 점은 햄릿이 운이 좋았던 것으로, 동시에 그가 매우 침착하고 냉정했다는 증거이기도 했습니다.

이렇게 햄릿은 기타야마와 헤소무라의 어떤 대화 혹은 간호사의 수다 등에서 실수로 나와 버린 여러 재료를 오랫동안 인내심을 갖고 조금씩 긁어모아서 조합하였을 겁니다. 그러나 결국 사카이가 자신의 재산을 횡령하고 미칠 듯 사랑했던 고토코를 빼앗기 위해 이 모든 사건을 계획했다는 것을 알았을 것입니다.

햄릿에게 정신이 돌아왔다는 사실은 기쁨이 아니라 괴롭고 삭막한 일이었습니다. 각성하고 보니 자신은 벌써 마흔네 살……재산도, 연인도 숙부에게 빼앗기고 기력은 쇠하고 능력도 퇴화하여 남들 같은 평범한 생활을 하는 것조차 어려운데…… 친구도, 지인도 없는 고독하고 무력한 자신이 사카이를 상대로 싸운다는 것은 생각할 수도 없는 무의미한 일이었겠지요. 그뿐 아니라 자신이 제정신을 되찾았다는 것이 알려지면 사카이는 아마도 자신을 살려두지 않을 테지만, 자신이 광인인 채로 있는 한 생활과 생명을 걱정할 필요는 없었습니다. 더 이상 어떻게 할 방도가 없었습니다. 기타야마나 헤소무라를 상대로 광인 흉내를 하면서 생애를 마치자……이런 체념과 방인에 도달하기까지 햄릿은 얼마나 고뇌했는지 모릅니다. 하룻밤에 백발이 되었다는 이야기는 아마도 이런 경우였음이 틀림없습니다. 벽에 새긴 날짜가 깊이 패 있는 것을 보면 이 숫자 하나하나에 얼마만큼의 눈물이 흘렀는지, 그때 고마쓰의 비탄과 고뇌가 눈에 보이는 듯했습니다.

그리고 다시 이틀이 지난 저녁에 늘 하듯이 저녁 물병을 들고 햄릿의 거실로 갔는데, 햄릿은 창가의 책상에 선 채로 조용히 독서하고 있었습니다. 점점 해가 저물어 가는 넓고 아득한 저녁 어둠 속에서, 햄릿의 얼굴과 책 페이지만이 또렷이 하얗게 떠올랐는데 해가 긴 후 남은 빛줄기가 시인의 풍모를 보여주는 우울한 옆얼굴을 비추는 듯했습니다. 이 남자는 어떻게 이런 부드러운 눈빛을 하고 있을까요. 어린아이의 눈처럼 무심하고, 수도승처럼 한없는 인내의 그림자를 품고 있었습니다. 재산도, 연인도, 이 세상의 수많은 쾌락도 인간의 권리도 부조리하게 박탈당한 채 전례 없을 만큼 한심한 대우를 받으면서도 신음하지 않고 한탄하지도 않으며 한적한 생활을 보내고 있습니다. 나는 고마쓰의 곁에 있으면 고매한 정신 상태가 되고 영혼이 정화되는 듯한 기분이 되는 것을 얼마 전부터 느꼈습니다. 이 훌륭한 조각상을 바라보는 사이에 기타야마가 말한, '묘한 친화력'이라는 것의 정체가 무엇인지 희미하게나마 알 것 같은 기분이 들었습니다.

물병을 탁자 위에 두고 저녁 식사 준비를 하기 위해서 물러나려고 하는데 햄릿이 불쑥 이쪽을 돌아보며 "이봐, 호레이쇼"라고 나를 불렀습니다. 나는 깜짝 놀라서 "실례지만 저는 로젠크란츠이옵니다."라고 하사 햄릿은 고개를 저으며 "아니, 아니. 자네는 호레이쇼가 틀림없네. 상당히 이전에 연극을 했을 때, 자네를 호레이쇼라고 부른 기억이 있어. 자네는 잊어버렸나?"

이렇게 말하는 것은 자신이 미치지 않았음을 증명이라도 하는 것이므로, 고마쓰에게 이만큼 위험한 표현은 없었습니다. 고마쓰 정도의 남자가 왜 이런 실수를 하는 것인지 내가 오히려 당혹스러워서 상대의 얼굴을 바라보았습니다. 그때 햄릿은 뭐라고 표현할 수 없는 우아한 몸짓을 하면서 말했습니다.

"호레이쇼, 자네야말로 내가 교제한 사람 중에서 진정한 군자로군."

"아니, 무슨 말씀인지……."

"아, 아부라고 생각하지는 말게. 내가 사물을 잘 구분하게 되고 사람의 성품도 잘 판별하게 된 이후로 자네에게 가장 훌륭한 인상을 받았네."

셰익스피어의 햄릿에게서는 호레이쇼는 이 세상에서 햄릿의 유일한 아군이자 마음의 벗, 절친한 친구로 등장합니다. 그가 한 말은 나에 대한 햄릿의 마음속 신뢰와 애정의 표현이라고 느껴졌습니다. 그래서 고독과 비애의 바다를 표류하며 나에게 손을 내민 이 불행한 남자를 어떤 일이 있어도 버리지 않겠다고 맹세했습니다. 지금까지는 아유코의 애정에 이끌려서 사카이의 악행을 묵인해온 점도 없지 않았지만, 이렇게 된 이상 과감하게 사카이와 결투를 할 수밖에는 없었습니다. 배신을 선언한 순간부터 내 목숨은 바로 위험에 직면한 겁니다. 사카이의 도움을 받지 못하면 무일푼이 될 내가 폐인과 마찬가지인 남자를 데리고 어떤 무기로 사카이를 물리칠지 알 수 없었습니다. 하지만 무슨 일이 있더라도 해내야만 한다고, 나는 해질 무렵 창가에 선 채 다짐했습니다.

그다음 날 저녁 여섯 시경, 사카이가 곧 오라는 전화를 했습니다. 아마도 요전의 대답을 들으려는 생각이었는데 사카이에게 결투를 신청하기에 마침 좋은 기회라고 생각하고 곧 아카사카로 갔습니다. 사카이는 고토코와 아유코를 데리고 좀 전에 오치아이에 갔다고 했습니다.

생각해 보니 사카이 같은 인간이 언제까지 내 대답을 기다리고만 있을 리가 없었습니다. 나를 햄릿에게서 떼어 놓은 것은 분명히 드디어 오늘 뭔가 직접적인 행동을 개시하려는 것이었습니다. 황급히 오치아이로 돌아가 햄릿의 거실로 달려가 보니 클로디어스 왕으로 분장한 사카이가 고토코를 왕비로 아유코를 오필리아로 분장시킨 채 같이 긴 복도 저편에서 내 쪽으로 돌아왔습니다.

"소후에 군, 자네를 기다려 봐야 소용이 없어서 우리끼리 오늘 시시한 실험을 해봤네." 사카이가 내게 의미심장한 말을 했습니다. 얘기를 들어 보니 아유코는 나이도 얼굴도 신장도 연극 공연 때의 고토코와 꼭 닮아서 갑자기 햄릿과 만나게 하여 그를 동요시킨 후에 정체를 드러내게 하겠다는 계획이었습니다.

아유코가 봄 안개 같은 흰 가운 자락을 길게 늘어뜨리고 손에는 들꽃 다발을 들고서 옥좌 옆 오필리아 조각상과 똑같은 분장을 한 이유를 그제야 깨달았습니다. 그런데 사카이의 불쾌한 얼굴을 보아하니 이 실험은 그다지 효과를 올리지 못하고 결국 또 햄릿의 지성이 승리한 것으로 추측되어 말할 수 없이 통쾌했습니다.

사카이는 잠깐 진지한 표정으로 나를 쳐다보았습니다.

"소후에 군, 나는 자네의 방식이 매우 화가 나네. 왜 그렇게 감상적인지 모르겠지만 한심하게 생각하지 말고 내가 말한 대로 하게. 한 번만 더 자네에게 찬스를 주겠네."

이렇게 말하고 사카이는 고토코와 둘이 본관 쪽으로 가 버렸습니다. 아유코는 꽃다발 향기를 맡으면서 뚫어져라, 내 얼굴을 쳐다보았습니다.

"저기, 햄릿은 제정신이에요? 한마디만이라도 좋으니까 알려 줘요. 네, 네?"

내가 아무런 대꾸도 하지 않자 아유코는 내 목에 손을 두르고서 아무렇지도 않은 얼굴로 "그러면 그걸로 됐으니까, 난 트릭을 써서 반드시 꼬리를 잡아낼 거예요."라고 차갑게 말하더니 가운 자락을 끌면서 유유히 가 버렸습니다.

아유코의 트릭이 어떤 것인지는 알 수 없었지만 사카이 일가가 오치아이에 묵는 동안 언제 어떤 일을 할지 안심할 수 없으므로 나는 내 방으로 돌아가서 잠시 눈을 붙이고 옥좌의 높은 등받이 뒤에 숨어서 감시하였습니다. 밤 한 시 무렵, 햄릿이 그림자처럼 알현실로 들어와 오필리아의 등신대 조각상 아래에 웅크리고 앉았습니다.

"나는 도대체 이떤 별 아래에 내어난 것일까?"

그는 감상에 빠졌는지 이렇게 중얼거리더니 침울한 모습으로 거실로 돌아갔습니다.

고마쓰처럼 침착한 남자도 역시 혼란스러울 때가 있구나 하는 생각이 들었습니다. 안타까운 마음에 옥좌의 등받이를 쓰다듬는데 오필리아 조각상이 미묘하게 꿈틀거렸습니다. 깜짝 놀라서 보고 있는데 하얀 치맛자락이 펄럭이는 것 같더니 어느새 획 받침대에서 내려와 내 앞에 섰습니다.

"드디어 들었네."

이렇게 말하고는 오필리아상이 갑자기 몸을 돌려 본관으로 이어지는 복도 쪽으로 달려갔습니다.

아유코가 트릭이라고 한 것이 바로 이것이었습니다. 오필리아 조각상 대신에 자신이 받침대 위에 서 있다가 심야에 햄릿의 행동을 몰래 엿보겠다는 생각이었던 것입니다.

나는 멍하니 복도 쪽을 보고 있다가 지금이라면 어떻게든 어긋난 운명을 되돌릴 수 있을 방법이 있을지도 모른다는 생각이 들었습니다. 그래서 급히 본관으로 가 보니 아유코는 술 장식장 앞에 선 채 홀짝홀짝 바이올렛*을 마시고 있었습니다. 나는 애써 온화한 톤으로 말했습니다.

"대단하네, 내가 졌어. 두 손 다 들었어."

아유코는 씩 웃고서 "이런 짓을 하는 것도 당신과 헤어지기 싫어서 그런 거예요. 이렇게 당신한테 빠져 버린 나를 조금은 불

* 크렘 드 바이올렛(crème de violette)으로 알려진 제비꽃 방향유의 맛이 나는 보라색 술.

쌍하게 생각해 줘요."라고 말했습니다.

"그렇게 생각하지"

"뭐라고 하더라도 난 확실하게 봤으니까, 당신도 포기하고 아버지 말대로 따라 주세요, 난 아무 말도 하지 않을 테니까 당신이 알아서 적당하게 보고해서 기분을 맞춰 줘요. 아버지에게 거역하는 것만은 하지 말아요. 당신이 죽는 걸 보기는 싫으니까."

"그러니까 체념했다고 하잖아, 잘 알겠어. 네가 말하는 대로 하자. 이걸로 얘기는 다 된 거니까 나한테도 한 잔 주지."

아유코는 능숙한 손길로 피즈(Fizz)*를 만들어서 내 앞에 놓았습니다.

나는 아유코와 헤어지고 나서, 그녀의 말을 믿고 안심하다가는 어떤 일이 벌어질지 모른다고 생각하였습니다. 어쨌든 오늘 밤 안으로 햄릿을 데리고 도망치는 게 좋겠다고 생각하고서 알현실 입구까지 갔습니다. 그런데 어떻게 된 일인지 참을 수 없는 졸음이 쏟아졌습니다. 나는 벽에 기대어 선 채로 스르륵 쓰러지면서 공습경보 사이렌 소리를 들은 후 완전히 의식을 잃고 말았습니다.

시간이 얼마나 지났는지 문득 눈을 뜨니 나는 아까 그대로 정원을 향한 알현실 입구 복도에 쓰러져 있었습니다. 눈도 보이고 귀도 들리지만, 전신이 마비된 듯 몸을 움직일 수도, 목소리를 낼 수도 없었습니다. 이게 무슨 상황인지 생각을 더듬어 보았습

---

* 사우어 칵테일의 일종으로 산도 있는 주스와 탄산수가 사용된다.

니다. 아까 아유코가 갑자기 뛰어갔던 것은 당연히 내가 따라올 것이라는 계산에서 비롯된 행동이었습니다. 그리고 나를 술이 놓인 장식장 앞으로 불러, 내가 쓸데없는 행동을 하지 못하도록 맨드레이크(Mandrake)* 같은 종류의 약을 타서 먹였다는 사실을 깨달았습니다.

나는 말 그대로 통나무처럼 손도 발도 꼼짝 못 하는 상태가 되어서 바닥에 흉하게 뒹굴며 멍하니 천장을 바라보고 있었습니다. 햄릿이 옥좌에 앉아 있고 사카이와 아유코와 고토코가 회의를 하는 듯 그림자처럼 어둑어둑하게 앉아 있는 것이 보였습니다. 무슨 일이 시작되는 걸까 귀를 쫑긋 세우는데 긴 침묵 후에 사카이의 목소리가 들렸습니다.

"자네의 불행은 숙명으로 자네가 태어날 때 이미 따라온 거야. 내가 어떤 힘을 갖고 있어도 이렇게 자네를 완전히 불행하게 하지는 못하네."

"나도 자네에게 그런 힘이 있다고는 생각하지 않아"

"그렇게 이해해 준다면 행복하지. 자네와 우리 일가는 도저히 양립할 수 없는 별들의 만남이니 말이야. 어차피 지금까지 자네는 불행했으니 그 김에 조금 더 불행해져서 우리 일가가 안심하고 살 수 있도록 해 주지 않겠나?"

"어떻게 하면 되겠는가?"

"자네가 한 번 더 미쳐 준다면 가장 좋겠지만 그게 안 되면 죽

* 남부 유럽과 지중해 인근 연안에서 자생하는 가지과 맨드레이크속(屬)의 식물. 서양에서는 예로부터 강한 마취제나 최면제로 쓰임.

어줄 수는 없겠나?"

"나는 재산 따위에 미련은 없으니 되찾겠다는 생각도 없네. 맹세해도 좋은데 그렇게는 안 되겠나?"

"그걸로는 역시 곤란하지. 언제 자네 마음이 바뀔지 모르니 안심이 안 될 거 아닌가."

"그러면 어떻게든 나를 죽여야겠다는 건가?"

"무슨 말도 안 되는 소리. 나도 고토코도 또 아유코도 자네를 죽이려는 인간은 여기에 한 명도 없네."

"무슨 얘기인지 모르겠군."

"스스로 죽어 달라는 걸세. 자네가 피투성이가 되거나 우리 눈앞에서 괴로워하는 꼴을 보이거나 우리가 시체를 보는 건 곤란하니까 말이야. 좀 더 뻔뻔하게 말하자면 가능한 미적으로, 우리에게 어떤 나쁜 인상이 남지 않도록 사라지듯이 죽어 줬으면 해."

"그런 방법이 있나?"

"간단하지. 자네가 스스로 방공호에 들어가서 나는 벌써 죽었다고 안에서 말을 걸어 주게. 그러면 우리 세 명이 기쁘게 자네 묘에 흙을 덮는 걸 도와주지. 자네가 주문한 대로 둥글게든 삼각형이든 좋아하는 형태로 흙을 쌓아 주겠네."

"방공호가 묘지가 된다니 전시에 어울리는 취향이군."

"저 방공호를 자네 묘지로 만들려고 판 건 아니었어. 그런 사정은 나중에 생긴 거지."

"만약에 내가 싫다면?"

"자네는 싫다고 할 리가 없지. 이 전쟁 상황을 보면 자네 같은 상태에서 앞으로 살아남아도 여러 가지 불행이 깊어질 뿐이라는 걸 자네도 잘 알고 있을 테니까."

"그건 자네 말이 맞네."

"이해해 주니 고맙군. 고마쓰 군, 나는 자네 무덤을 다 만들고 나면 불행한 자네의 일생을 동정할 수 있을 거야. 나와 자네만큼의 악연은 이 세상에 별로 없겠지. 눈물이 나네."

그러자 뒤이어 고토코의 목소리가 들렸습니다. "아키마사 씨, 당신이 죽어 주세요. 부탁해요." 이번에는 아유코의 목소리로 "당신이 죽어 주시면 가장 행복해지는 사람은 저니까 살아 있는 한 언제나 당신을 떠올리면서 감사할 거예요."라는 말이 들렸습니다.

"이렇게 되면 왠지 죽는 게 즐거워졌네. 그러면 죽지."

"드디어 결심해 줬군. 재촉하는 것 같아서 미안하지만, 이제 곧 두 시야. 슬슬 시작해 주지 않겠나?

"죽기 전에 이 광대 옷을 벗고 시원해지고 싶네. 양복은 없나?"

고토코가 말했습니다.

"근처에 기타야마 양복이 있을 거예요. 찾아올게요."

이윽고 아유코가 "잘 어울리시네요. 젊어지셨어요."라고 말했습니다.

"고마워. 자, 그러면 가지."

"적당할 때 우리가 가겠네."

고마쓰는 유리문을 열고 정원으로 나갔습니다. 그리고 십 분 정도 후에 사카이가 "이보게, 삽은 가져 왔나?"라고 묻자 고토코가 "네, 세 자루 꺼내 두었어요."라고 대답했습니다.

"이제 되었겠죠. 슬슬 가 볼까요?"

"응, 가자." 각자 한 자루씩 삽을 메고 정원으로 나가 방공호 옆으로 다가간 사카이가 큰 소리로 물었습니다.

"고마쓰 군, 자네는 이미 죽었나?"

"그래, 나는 이미 죽었네." 방공호 속에서 고마쓰의 대답이 희미하게 들려왔습니다.

고마고메 쪽에서 신음하던 편대의 폭발음이 점점 이쪽으로 다가왔지만 세 사람은 그런 것에는 개의치 않고 열심히 방공호 속으로 흙을 퍼 넣기 시작했습니다. 희미한 달빛을 받으며 그림자처럼 움직이는 세 사람의 모습은, 마치 이 세상의 일이 아닌 듯했습니다. 거기에 방호단의 제복을 입은 무리가 위풍당당하게 뛰어 들어왔습니다.

"사카이 씨, 오타키 다리 근처에 폭탄이 떨어졌습니다. 위험하니 대피하십시오."

"수고가 많군요. 이 일을 마치면 대피하겠소."

방호단 무리는 아무 생각 없이 세 사람이 하는 일을 지켜보았는데, 현재 자신들의 눈앞에서 잔인한 매장이 이루어진다는 것을 한 명도 눈치채지 못했습니다. 나는 복도에 누운 채 큰 소리로 "거기 지금 사람이 묻혀 있어요!"라고 외치려 했지만 목소리가 나오지 않았습니다.

정각 오전 두 시였다. 벽난로의 장작은 기세 좋게 타오르고 불

주변에 있는 사람들의 얼굴을 빨갛게 물들였다. 창 밖에는 짙은 안개가 흐르고 정원수의 나뭇가지가 안갯속에 모습을 감추었다가 나타나기를 반복했다. J 백작이 말했다.

"사카이의 처참한 최후는 저도 들어서 알고 있습니다. 마치 찢어진 것처럼 허벅지부터 두 쪽으로 잘려서 죽었다고 하던데요. 그래서 햄릿은 어떻게 되었습니까?"

"폭탄이 방공호 옆에 떨어지면서 지반이 흔들리고 진동으로 쌓은 흙이 무너지더니 햄릿이 밖으로 튀어나왔습니다. 자네는 아직 죽을 때가 아니라고, 미치 지옥이 접수한 인간을 지옥 문지기가 되던진 것처럼 말이죠."

"제가 느끼기에 이 얘기에는 어딘가 종교적인 맛이 있어요. 『묵시록』의 현대어 번역 같은 거지요."

소후에는 미소를 지으면서 끄덕였다.

"그러자 신은 커다란 물고기를 준비해서 요나를 삼키게 하고…… 이 구절이 아름답지요. 섭리라는 것은, 기계 조직처럼 빈틈없이 만들어진 거라고 저도 요즘 믿게 되었습니다. 단, 지옥이 햄릿을 되돌려 보낸 일이 햄릿에게 행복인지 불행인지는 아직 잘 모르겠습니다."

『신청년』1946년 10월호 발표

나비 그림

히사오 주란

1

제2차 세계대전이 끝난 후 사 년째가 되니 전쟁터에서 고향으로 돌아온 사람을 축하하는 일도 동지(冬至)의 국화처럼 시들해진 느낌이었다. 하지만 야마카와 하나요의 귀환이 상당히 특이했기 때문인지 생각보다 많은 사람이 모였다. 무역 재개의 테스트 파일럿으로 곧 프랑스 리용으로 가는 모리카와구미의 가사하라 추베나 싱가포르 전범 재판의 변호단 측 통역을 맡았던 화가 이와키 난코 등 화제가 넘치는 인물들이 있어서 지겹지 않게 시간을 보냈는데 정작 주인공은 좀처럼 나타나지 않았다.

호스트 역할인 이자와 나오에와 야마카와의 제자였던 이자와의 부인 아키코가 만년 이학사인 스다 가쓰미와 코지 영사 시절 얘기를 하였는데, 이자와가 좋은 것을 들려주겠다며 선반 아래쪽에서 오데온의 하늘색 라벨이 붙은 고색창연한 레코드를 뽑아 왔다.

"티토 스키파(Tito Schipa, 1889~1965)*의 〈마리포사(Mariposa, 나비)〉네. 삼십 년대에 프랑스에 어슬렁거리던 녀석 중에는 이 노래에 잊지 못할 추억이 있는 이들이 분명히 있을 거야."

관현악 앙상블 속에서 희미한 노랫소리가 음의 실을 자아내 듯이 흘러나왔다. 섬세한 기교와 정열이 아름답게 파도치는 하바네라(Habanela)**는, 영혼이 없는 얄팍한 노래는 아무리 화려한 소리로 장식해도 안 된다는 것을 증명하듯 듣는 이의 가슴에 말할 수 없는 감흥을 느끼게 했다.

"파리에 늘리있던 도요사와 다이주가 일본의 옛 음악인 가토부시나 오기에부시와도 통하는 멋이 있다고 핵심을 찌르는 비평을 했는데, 이런 경지에 다다르면 동서양을 구분해서 말하는 것조차 의미가 없지. 나도 몇십 번 몇백 번 들었는지 모르겠지만 듣는 동안에 서양 음악이라는 걸 잊고 있을 때가 많았어."

가사하라가 날카로운 얘기로 절묘하게 묘사했다. 식전주가 나오고 스키파의 노래도 끝이 났는데 이와키가 갑자기 생각이 난 듯 이런 이야기를 했다.

"지금 하바네라 덕분에 생각이 났는데 바타비아의 전범 재판을 하고 있을 때 필리핀의 젊은 아가씨들에게 상당히 인기가 있어서 '마리포사'라는 별명으로 불린 일본인이 있었지. 마닐라의 파울로 대학 800인 비전투원 학살, 라구나의 카란파노 유아 학

---

* 이탈리아 출신의 테너.
** 쿠바에서 생겨 에스파냐에서 유행한 민속 춤곡. 또는 그런 춤. 탱고와 비슷한 4분의 2 박자 리듬이 특징.

살, 그리고 바타네스의 바스코에서 시민을 서까래에 매달아 가솔린을 뿌려 불태운 잔학한 사건……그중 뭔가에 간여했을 게 틀림없는데, 몇 번이나 법정에 끌려 나왔지만 중요한 순간에 다섯 명, 열 명 씩이나 되는 젊은 아가씨들이 증인으로 나와 반박하는 증언을 해 주는 바람에 무죄가 되어 버렸지. 대단한 보 브럼멜*(서양의 단지로)**야. 하지만 그런 녀석에게도 마지막은 찾아왔지. 필리핀 쪽에서는 도망쳤지만 수마트라의 팔렘방의 한 학살 사건이 어떤 스페인계 혼혈 아가씨한테 적발되어서 드디어 바타비아의 치프난 형무소에서 교수형을 당했지. 두건을 벗기니 '마리포사'의 실체는 의외로 별것 아닌 남자였네. 그를 도와준 사람도 아가씨고, 죽인 사람도 아가씨……그림으로 말하자면 데생이 뚜렷한 전쟁화의 세부를 보는 것 같은, 뭐라 말하기 힘든 복잡한 감명을 받았네."

환영회의 주인공은 여덟 시가 되었는데도 오지 않았다.

"뭐야, 이상하네. 아키코 씨가 봤다는 건 진짜 그 사람이 맞긴 한 거야?"

스다는 짜증이 난 듯 과학자답지 않게 저속하게 빈정거렸다.

5일쯤 전에 이자와의 아내가 장을 보고 돌아오는 길에 시세이도 갤러리에 들렀다고 한다. 갤러리 안으로 들어가 보니 당초 장식의 작은 기둥 근처에 있던 티테이블에서 야마카와 하나요

---

* 19세기 영국 사교계에서 세련된 패션과 댄디즘으로 명성을 떨친 조지 브라이언 브럼멜(George Bryan Brummell, 1778~1840)의 별명.
** 19세기 인기 작가 다메나가 슌스이의 소설에 등장한 미남 주인공.

가 옛날처럼 커피를 마시고 있었다. 그래서 옆으로 가서 "야마카와 선생님, 요전에는 실례가 많았습니다."라고 인사를 했다. 그런데 막상 인사를 하고 보니 뭔가 이상한 생각이 들었다. 빨간 머리끈을 한 야마카와를 군에 보내고 나서, 전중, 전후를 포함해서 육 년이라는 비정한 긴 세월의 흐름이 개입되었는데 '요전에는'이라는 인사는 아무리 생각해도 이상했다.

"육 년이면 늙거나 마르거나 뭔가 변화가 있잖아요. 그런데 전혀 그런 게 없는 거예요. 떠난 날 그대로의 얼굴로 눈을 내리깔고 부끄러운 듯 얌전히 있더라구요. 엉겁결에 바보 같은 소리를 했다고 생각하니 기분이 안 좋았어요. 유령이라고까지는 생각하지 않았지만…… 아, 환영을 보고 있구나 하는 기분이 들어서요."

야마카와가 입영한 때는 부슬비가 내리는 추운 아침이었다. 눈을 치켜올려 뜬 큰누나 도키코가 모포로 된 외투를 겹쳐 입고, 코 밑까지 머플러를 올린 야마카와에게 검정 우산을 씌워 주면서 뭐라고 주의를 주었다. 네오 레바를 먹는 걸 잊지 말라고 하면서 어린아이에게 말하듯 당부하고 있었다.

야마카와 가문은 일본의 문화사에서 반드시 언급되는 중요한 기독교 집안이었다. 이러한 가풍에 어울리지 않게 대를 이을 외아들을 건강하게 기르겠다며 미신에 따라 여자 이름을 지었다는 사실 또한 널리 알려져 있었다. 야마카와 하나요는 어머니와 누나 두 명의 희생과 봉사로 겨우 인간답게 성장했지만 큰누나 도키코는 혼기를 놓치고 말았다. 태어나서 서른 살이 될 때까지 야마카와의 일상은 요양원 같은 생활로, 생수는 마시지 않고

밖에서는 음식을 먹지 않았다. 어쩔 수 없이 가야 하는 파티에는 누나 한 명이 보온병에 증류수를 담아 따라가는 걸로 유명했다. 학습원의 여자부 교사가 되고 나서도 싫은 일이나 어려운 일은 모두 어머니나 누나가 맡아서 해 주었다. 야마카와는 가정과 여자들의 그늘에 숨어서 자기 식으로 하고 싶은 일만을 했다. 얼굴 하나 씻는 데도 비누는 모리느의 베르, 치약은 듀마레의 부드러운 콜게이트로 정해져 있었다. 그것은 임의로 바꿀 수 없는 생활 양식이 되어서 도쿄에서 입수할 수 없을 때는 누나들이 고베의 쿤 앤 코몰이라는 곳까지 사러 갔다.

이런 야마카와를 군목으로 복무시킨다는 것은 상상도 할 수 없었다. 결국 군의감인 친척에게 연락해서 야마카와가 단기 현역으로 근무하는 동안 병동에서 책이나 읽으며 지내고 실무는 담당하지 않고도 소위로 임관할 수 있는 특례를 만들었다.

전쟁터나 군대에서 이렇게 유해무익한 남자도 드물었지만, 야마카와에게로 아마 전쟁만큼 성격에 맞지 않는 것은 없었다. 여자부 학생 중에서도 특히 야마카와를 신뢰하던 열 명 정도가 꽃다발이 아닌, 종이 국기를 들고 병영문 앞에 서 있었다. 야마카와가 입대하는 모습은 불쌍하면서도 어딘가 우습기도 해서 여학생들은 눈물을 흘리다가 바로 다음 순간에는 새어나오는 웃음을 참기도 했다.

"야마카와 선생님은 한 번 비에 맞으면 녹아서 돌아가실 거예요."

한 명이 울 듯이 웃으면서 상상을 말했다. 어머니와 누나의 비호 없이는 하루도 살아갈 수 없는 그를 두고 하는 말이었다. 세수하는 물이 발등에 떨어져도 금세 감기에 걸리는 미모사 같은 야마카와가 거친 이국땅의 비바람을 열흘이나 맞는다면 적의 탄환을 기다릴 것도 없이 폐렴에 걸려서 픽 쓰러져 버릴 것이었다. 오락가락 하는 비에 아침부터 추위에 떨면서 닭살이 돋은 채 눈만은 아름다운 야마카와의 가녀린 흰 얼굴을 보고 있으면, '이 남자는 이제 살아서 돌아올 수 없겠구나' 하는 냉혹하면서도 애잔한 감상이 절로 일었다. 평범한 인사를 하고 병영으로 들어가는 모습을 마지막으로 모두의 기억 속에서 야마카와는 사라졌다.

살아 있는 야마카와를 볼 거라는 무의미한 기대를 한 사람은 한 명도 없었다. 어디에서 갑자기 야마카와와 마주친다면 이자와의 아내가 아니더라도 뒤로 주춤했을 것이다. "기분이 안 좋았다"고 한 심정을 잘 이해할 수 있었다. 사실일 거라고는 생각하지만 의심이 가시지 않았다. 그때 이자와도 있었는데 "그 녀석이 살아 있으리란 법은 없어. 그건 아키코의 고백 소설이 아닐까? 보고 싶다고 기도라도 했겠지."라며 장난스레 말했다.

부인은 침착한 얼굴로, "죽은 사람을 불러낸다는 반혼향(反魂香)*도 아니고……놀란 건 저뿐이 아니라구요. 아무 예고도 없이 쥐처럼 보이는 수트를 입고 쓱 정원에 들어와서 큰누나 토키코 씨도 어머나 하며 유리문에 매달려 움직이지 못했다잖아요."라고 되받아쳤다.

---

* 연기 속에서 죽은 자의 영혼이 나타난다는 상상 속의 향. 중국의 한무제가 부인을 잊지 못하고 그리워하다가 향을 피워 그 모습을 보았다는 고사가 전해진다.

야마카와에게 전화를 걸자 두 시간이나 전에 집을 나갔다고 했다. 무작정 기다릴 수만은 없어서 일단 환영회를 시작했는데 아홉 시가 다 되어 야마카와가 매끈한 얼굴로 늦어서 죄송하다며 나타났다. 그는 어디에 앉으면 될지 물으면서 부끄러운 미소를 지어 보이며 식당 안을 둘러보았다. 결국 화가 잔뜩 난 스다가 나서서 그에게 퍼부었다. "초대를 받아 놓고 이제야 나타나는 무례한 손님은 용서받을 때까지 말석에서 근신하고 있게."

역시 교육을 잘 받고 자란 야마카와는 미안하다면서 주눅 들지 않고 끝자리에 앉았다. 그는 식탁 위의 크리스털 병을 보고 "포도주로군. 한 잔 받아도 될까?"라고 조심스레 물었다. "아기가 술을 마시다니. 정말 놀랄 일이군." 스다가 가차 없이 쏘아붙였다.

"드디어 군대에서 배워서……하지만 어머니나 누나들에게는 비밀이니 그렇게 해 줘."

야마카와는 잔을 빙글빙글 돌려 유리의 단면을 비춰 보면서 보석이라도 쳐다보듯 술 색깔을 오래 바라보았다. 그리고 이내 술 향기를 맡더니 한 모금 마셨다.

"라 로즈(la rose)군, 꽤 좋은데."

그는 알고 음미하는 듯 끄덕였다.

"이 녀석, 일류처럼 마시는데. 어디서 배웠을까? 유럽으로 전쟁을 나간 것도 아닐 텐데. 이상한 녀석이야."

이와키가 말했다. 가사하라는 야마카와의 얼굴을 요리조리 바라보다가 "야마카와는 육 년이나 전쟁에 나갔다 왔지만 하나도 변한 게 없네. 전쟁의 아픔을 겪은 패전국의 얼굴은 어디에도 없잖아."라고 어이없다는 듯이 말했다.

그는 여전히 길쭉하게 뻗어 민감해 보이는 가녀린 손과 물로 적신 듯 촉촉한 흰 피부를 유지하고 있었다. 눈매와 목소리도 예전 그대로였다. 전쟁이 아니더라도 세월의 흐름을 받지 않고 어떻게 옛날 그대로의 모습을 지속하는지 정말 이상했다.

"내 친구 중에 현지에 도착하자마자 적 앞에서 도망쳐서 종전 후에 군법회의와 전시 특별형법이 폐지될 때까지 기다리다가 유유히 나타난 놈이 있었지. 그놈의 병과가 뭐였더라…… 그런 새하얀 얼굴로 있을 수 있는 곳이 어딘가?"

"고사포……심한 전투도 했지만, 운이 좋았지. 종전을 맞은 곳은 뉴기니아의 카아마나였는데 너무 깊이 도망쳐서 이 년 동안이나 종전된 걸 몰랐어. 햇빛도 닿지 않는 깊은 숲에서 먹을 것도 제대로 없었지."

"힘들었겠다고 말해 주고 싶지만 아무리 봐도 자네 얼굴은 잘 먹고 안락하게 살다 온 얼굴이야."

"기호의 선악이란, 위도의 차이일 뿐이라고 누군가 말했지. 보는 시각을 바꿔 생각하면, 나는 엄청난 미식 생활을 한 것일 수도 있어."

"위도의 차이라니, 도대체 무슨 소리인가?"

"아프리카나 아라비아에서는 원숭이가 최고의 음식이라고 하는데, 우리는 오랑우탄만 먹었지. 먹다 남은 원숭이 팔이나 손바닥이 여기저기 흩어져 있으면 인육이라도 먹은 것 같은 죄책감이 들어서."

"앗페류스라는 남자의 기행에 보면 오랑우탄을 생포하는 얘기가 있는데 굉장히 잡기가 어렵다면서? 야마카와 같이 둔한 녀석이 도대체 어떻게 그런 걸 한 거야?"

"이래 봬도 많이 죽였어. 치즈처럼 독한 냄새가 나는 두리안이라는 열대 과일을 원숭이가 아주 좋아하는데 두리안이 익으면 오십 마리, 백 마리나 되는 무리가 정글 속에서 몰려나오지. 먼저 벌목해서 원숭이들이 있는 나무를 고립시키고 여럿이 멀리서부터 빙 둘러서 원을 좁혀 가지……병사들이 나무 아래까지 기어가서 기둥에 도끼를 내리쳐. 이쪽 의도를 눈치채면 가지를 흔들면서 난리를 피우지만, 금세 털썩 쓰러지지. 어미 원숭이가 새끼 원숭이를 안고 대항하지만, 흙을 던져서 눈을 못 뜨게 하고 그물을 던져 바닥에 구르게 하지……그리고 가슴 아래를 노려서 총검으로 푹 찌르는 거야. 어미 원숭이는 한 손으로 아이들을 부르고 한 손으로는 주위의 풀을 뽑아서 가슴의 상처에 집어넣어. 그리고 절망적인 모습으로 피 묻은 손의 냄새를 맡아 보는 거야. 어미 원숭이의 임종 동작은 무서울 정도로 인간과 비슷해. 그만큼 양심을 위협하는 사냥도 흔치 않을 거야. 원숭이는 똘똘하고 예의가 있고 때로는 도덕적으로 보이기까지 해. 우리 인간들은 저속하고 야만스럽고 때가 잔뜩 묻은 채로 눈동자만 굴리면서 나뭇잎 한 장을 빼앗으려고 서로를 베기도 하지. 원숭이를 죽이는 데도 그 잔인함은 이루 말할 수가 없어. 보고 있으면 인간이 원숭이를 죽이는 게 아니라 원숭이가 인간을 죽이는 것 같은 이상한 기분이 들어. 남의 얘기가 아니야. 얼굴에 원숭이 피를 묻힌 채로 원숭이 스프를 끓이던 나도 인간이라고 생각할 수가 없어. 매일매일 동물에 가까워져가는 변화가 확실히 느껴져서 이대로는, 종전이 되더라도 이제 인간 사회로는 돌아갈 수 없다는 자각과 절망으로 미칠 뻔한 적도 있네."

역시 야마카와는 흥분한 것처럼 보였다. 예전에 말 없던 야마카와와 달리 끊임없이 떠오르는 생각들을 얘기하더니 이내 피곤하다면서 혼자 먼저 돌아갔다.

2

도쿄 재판*이 최종 논고 단계로 들어가고 요코하마 재판과 동시에 포로 부문 변론이 시작될 무렵이었다. 아침 일찍 아쓰기로 골프를 치러 갔다가 돌아오는 길에 문득 생각이 나서 야마카와 집에 들렀다.

"오빠는 지금 일하는 중이에요."

야마카와 여동생 치에코가 나오더니 웃으면서 말했다. 그러고 보니 그날은 일요일로 야마카와네 집에서는 가정 예배가 있는 날이었다.

마루에서 담배를 피우면서 기다리는데 울타리 저편에서 누나 도키코가 정원사와 얘기하는 목소리가 들려왔다.

* 포츠담 선언에 따라 제2차 세계대전 때 일본의 주요 전쟁 범죄자를 처벌하기 위하여 국제적으로 행한 군사 재판소의 재판.

"연못 주변도 지저분한 채로 둘 수 없으니까, 언제 손질을 했으면 하구요. 좀 낮은 높이의 꽃들로 꾸미자면, 크레마티스(철선화), 앵두나무, 마취목, 등대꽃, 애기 동백 정도겠지요. 물가에 놓을 돌 주변 장식으로는 붉은 점이 있는 기리시마 진달래 같은 게 아주 좋겠습니다만"

"꽃은 어떨지……다 뽑아 버리라고 했을 정도니까, 말은 해보겠지만 안 될 거예요."

죽은 야마카와의 아버지는 백화원의 정원사처럼 꽃을 좋아해서 일 년 내내 꽃이 끊이지 않도록 정원을 가꾸었다. 한 줄기로 떨어지는 작은 폭포가 있는 연못 주변에 시온(개미취)을 심고, 중문 위로 가로 댄 나무에는 '시온 동산'이라고 쓴 나무 현판을 걸었다. 시온원이 아니라 성서풍으로 시온 동산이라고 읽어야 했기 때문에 야마카와의 정원에는 꽃 그 자체에도 신앙의 결정체가 엿보였다. 여름 아침이면 수국이나 고신 장미 등이 이슬을 머금은 풍경을 보였던 주위에는 꽃들의 흔적은 보이지 않고 거친 풀만이 무성했다.

"정말 엉망이네. 어떻게 된 거야?"

"아직 몰랐군요. 오빠가 꽃이 있는 정원은 품위가 없다고 다 뽑아 버렸어요."

꽃이 핀 정원을 좋아하지 않는 사람은 있지만, 꽃이 있는 정원이 품위가 없을 리 없다. 정원의 황폐한 모습을 보니 야마카와의 머리가 혼란스러움을 알아 버린 것 같아 어딘가 불길한 기분이 들었다.

"예배는 아직도 안 끝났나? 일은 아직인 건가?"

"오빠는요, 목욕탕 수도꼭지 아래에 커다란 세면기를 놓고 비누거품을 만들어서 스펀지로 하루에도 몇 번씩 손을 씻어요. 일이란 건 그걸 말하는 거예요. 돌아오자마자 목욕탕에서 물에 푹젖은 채로 온종일 빨래를 해요. 더럽지도 않은 손수건까지 꺼내서 천이 해어질 정도로 빨기도 하고……그러던 건 가라앉은 것같은데 손 씻는 건 여전해요."

하루에 몇 번이나 손을 씻거나 목욕을 하거나 쓸데없이 세탁하는 것은 어딘가 죄책감이 있어서 죄의 더러움을 씻고 정결해지고 싶다는 욕망의 표출이라는 정도는 정신 분석의 통속서를읽은 사람이라면 누구라도 알 수 있다.

"아무래도 정상이 아니구나. 또 이상한 점은 없어?"

"아뇨, 단지 뭐든지 더럽다고 해요. 요전에는 쓰네 씨가 발을좀 만졌더니 쓱 일어나 목욕탕에 들어가서 발을 씻고 있더래요.돌아오던 날에는 입고 있던 옷을 그대로 마당에서 벗고 벌거벗은 채로 하녀한테 호스로 한 시간이나 몸에 물을 뿌리게 했어요.가지고 있던 수첩까지도 하나하나 석유를 부어서 태우고 나서야 겨우 집에 들어왔어요."

그녀는 고개를 숙인 채 볼을 쓰다듬으면서 뭔가 생각하더니"잠산만 와 보세요."라면서 현관 바로 앞 넓은 계단을 올라가 하나요의 침실로 나를 데리고 들어갔다.

"한번 보세요, 침대 밑을."

들여다보니 버번 위스키에 길비 진, 산토리 등의 빈 병이 잔뜩 너저분하게 처박혀 있었다.

"저희들한테는 마음을 보이지 않고 이런 짓을 하고 있어요. 아침에도 술 냄새를 지우려고 상당히 고민한 것 같아요. 몇 대 위부터 야마카와 집안에는 주정뱅이는 한 사람도 없었는데 어머니나 언니들이 알면 정말 절망하실 거예요. 하지만 이런 걸 보았다는 말은 아무한테도 말씀하지 말아 주세요. 야마카와의 내막을 보인 걸 들키면 큰일 날 테니까요. 아래층으로 내려갈까요? 이제 오빠 일이 끝났을 거예요."

마루로 돌아오니 야마카와가 불쑥 들어왔다. 창문 쪽을 향해서서 코끝에 손을 대고 냄새를 맡기도 하고 손톱 주위의 살갗을 뜯기도 하다가 여동생이 나가자 "오늘은 무슨 일인가?"라며 경계하는 눈빛을 보였다.

"아까 치에와 둘이 내 침실에 들어갔었지? 그런 얼굴 하지 않아도 괜찮아. 자네한테만 고백하는데 나는 군대에서 심한 디프소마니아가 되었어."

"그게 뭔데?"

"주광(酒狂)이라고 해야 할까. 알코올 중독보다 한 단계 위의 상태지. 한 번 유혹을 느끼면 술 이외에는 아무 생각도 할 수가 없어. 심장이 두근거리고 눈앞이 캄캄해져 버려. 알고 있는 사람은 치에뿐인데 어머니나 누나들은 나를 예전의 순결한 청년이라고 생각하지."

"군대에서 타락하는 건 흔한 사회현상이야. 매독에 걸려서 돌아오자마자 치매가 된 다가미 같은 녀석도 있으니까. 그건 그렇다고 치고 더럽다, 더럽다 하면서 손만 씻는다면서? 그게 훨씬 더 이상하네."

"치에가 그런 얘길 했어? 바보같은…… 녀석."

"신경과 하시모토한테라도 한번 진찰을 받아보면 어떻겠나? 전쟁 신경증이라는 게 의외로 무서운 거야. 그 녀석은 분석도 하니까 쇼크의 원인을 발견해 줄 거네."

"쇼크인지 뭔지 모르겠지만 남한테 머릿속을 검사당하는 건 싫어. 손을 씻는 건 좋은 습관이야. 이런 일에 놀란다면 놀라는 사람이 너무 부신경한 기지."

"무신경하다고? 하지만 정원 꽃을 뽑게 한 얘기를 들으면 누구라도 이상하다고 생각할 거야."

"시끄럽네. 그다지 이상한 일은 아니야. 이유를 설명하자면 바보 같은 거야. 빨간 계열 꽃을 보면 금세 가유 메라나 화염목 꽃이 연상되고 남방에서 일이 떠올라 불쾌해서 참을 수가 없어. 빨간색이 어떻다고 말하면 어머니나 누나들이 신경을 쓸 테니까 대충 말해둔 거니 그렇게까지 할 생각은 없었네."

이야기를 더 복잡하게 했지만 그런 속보이는 속임수에 넘어갈 만큼 내가 유치하지는 않다. 야마카와는 뭔가 고민이 있었고 그걸 남에게 보이기 싫어하는데, 괜히 먼저 나서서 쓸데없는 변명을 하니까 이런저런 얘기가 모두 지적으로 얄팍한 시도가 되고 오히려 상대의 의심을 불러일으키는 결과가 되었다. 머리는 나쁜 편이 아니고 생활에도 너무 확실할 만큼 기준이 있는 남자이므로 논리를 세우지 못하는 이런 흔들림은 내면이 나약해졌다는 것 외에는 달리 설명할 방법이 없었다.

야마카와는 푸른 잎 더미를 바라보다가 의자 등받이에 머리를 기댔다. 그는 눈을 감은 채 손바닥으로 눈꺼풀을 빙글빙글 문지르기 시작했다.

"큰 절을 둘러싸고 소리 지르는 나무의 새순. 이건 마사오카 시키의 하이쿠였어. 푸른 잎이 의외로 시끄럽지. 꽃이 없는 마당은 피곤하네. 니혼바시의 사다가 재산세를 메꾸려고 꽃나무를 팔고 싶다는 얘기를 하러 와 있네. 바로 근처니까 같이 가 보겠나?"

조경사를 데리고 사다의 집에 가 보니, 언젠가 회합에서 본 적이 있는 붉은 얼굴의 주인이 낡은 마루가 있는 스키야풍의 별채에서 나와 앞장서 안내했다. 별장풍의 정원에 난 작은 길을 만들기 위한 돌의 양측에는 치자나무와 탱자나무의 새순이 내일이면 필 것처럼 탐스럽게 부풀어 올라 있었다.

사려는 꽃나무를 줄로 묶어서 표시를 하면서 화단 쪽으로 가니 벽 쪽에 어두운 상자가 있었다. 상자 안에 세 살 정도의 오랑우탄 새끼가 여기저기 진흙과 오물을 묻힌 채 심심한 듯 무릎을 세우고 앉아 있었다. 야마카와는 발을 멈춰 힐끔 쳐다보고는 정글에서 원숭이를 죽인 것이 생각나기라도 했는지, 혐오감을 띤 채 눈을 피했다.

"수마트라에서 사정 장관 비서를 하던 조카가 바타비아의 캠프에서 기르던 거라는데, 네덜란드 정부가 조카 유품으로 보냈습니다. 마루노우치의 자바 메리스크리네 사에서 짐이 도착했으니 찾아가라고 해서 갔다가 이 녀석이 나와서 깜짝 놀랐어요."

어린 오랑우탄은 가슴 주위를 긁으면서 일어나 철봉에 매달린 채 야마카와의 얼굴을 찬찬히 바라보다가 긴 털이 난 팔을 내밀더니 애교 부리듯 어깨에 손을 올렸다.

"어, 야마카와 씨를 알고 있는 것처럼 보이네요."

"나가사카 군이 수마트라에서 기르던 녀석과 닮았다고 생각했는데 역시 그런가 보군요, 사다 씨가 나가사카 군의 친척이라니 놀랍습니다.

어린 오랑우탄은 야마카와의 주의를 끌려고 하는지 소리를 지르고 우리를 흔들면서 소란을 피웠다. 그러다가 밧줄 조각을 목에 감고 모란꽃처럼 빨간 입을 나팔처럼 벌려 쿠우 하고 소리를 냈다.

"뭘까요? 평소에는 이런 짓은 안 하는데"

야마카와는 멍하니 정원을 바라보다가 평소처럼 마음이 약해져서 뭔가 말을 안 하면 곤란하다고 생각했는지 말했다.

"나가사카 군의 흉내를 내네요. 재미있는 녀석이었습니다. 소란을 피우기도 하니까 돌보기 힘드시지요?"

"이번 봄까지 아이가 전적으로 담당했었는데, 그 녀석이 죽고 나서는 돌보기가 힘들어서요. 이런 걸 기르는 준비가 안 되어 있으니 솔직히 부담스럽고 귀찮아서 큰일입니다. 우에노 동물원에 보내려고 했더니 설비가 없다고 조금 더 데리고 있어 달라고 하고…… 그래서 원하시면 나무들과 같이 데려가셔도 좋습니다만."

곧바로 정원사 집의 젊은이가 쫓아오듯이 손수레로 끌고 왔다. 야마카와는 사육 상자에서 오랑우탄를 꺼내서 2층 거실로 데려가 하녀에게 자두를 가져 오게 했다.

"원숭이를 죽이고 먹고 하더니 이제는 이런 걸 아무렇지 않게 기르다니. 자네의 본질은 냉혹한 건지도 모르겠네."

"분명 이건 벌을 받는 거야. 죗값을 치른다고 생각하고 길러 주지."

"나가사카가 죽은 건 결국 사형이었겠지?"

"바타비아 치프난 형무소로 보내졌다는 건 들었는데 나는 뉴기니아로 가서 그 뒤 소식은 몰라. 거기 사정 관장은 상당히 이런저런 일을 했으니까 그것과 관련되어서 당했을지도 모르지. 병으로 죽을 녀석은 아니니까 말이야. 한 번 찾아갔더니 커다란 대리석 관저에서 잘난 척하고 있던데. 소파에 올라앉아 야자 술을 권하면서 나는 이 마을의 임금님이다, 스프난(부족)를 제압하는 게 일본군 점령지의 행정을 맡은 사정관이고 사정관을 제압하는 데 관방장이라면서…… 자기가 킹 오브 킹이라는 거야. 정상은 아닌, 흥분 상태였어."

오랑우탄은 창문 위에 앉아서 머리를 긁거나 다리를 떨면서 접시에 담긴 자두를 먹고 싶은 듯 힐긋힐긋 쳐다보다가 옆에 늘어져 있는 커튼 끈을 목에 감고는 춤추는 듯한 자세로 훌쩍 날아올랐다.

"기분 나쁜 녀석이네. 무슨 흉내를 내는 거야?"

"나가사카가 있던 곳은 석유가 나오는 것밖에는 얻을 게 없는 아프리카 같은 더운 미개발지였어. 술에 잔뜩 취해 낮잠을 자는 것 말고는 할 일이 없으니까 나가사카는 답답해서 칼을 뽑아 들고 하녀들을 쫓아다니기도 하고 스프 접시를 던지기도 하고…… 완전히 미친 사람 같았지. 이 녀석도 점점 성질이 거칠어져서 하녀에게 달려들기도 하고 지나가는 녀석들의 목에 밧줄을 걸어서 넘어뜨리고, 맘껏 난동을 피웠지. 저건 존 고스가 목이 졸려서 야단법석을 하는 흉내를 내는 거야."

이렇게 말하며 야마카와는 오랑우탄을 쳐다보았다.

"옛날 같으면 그야말로 원숭이처럼 팔을 길게 뻗으면 뭐든지 잡아챘을 텐데 고생해서인지 묘기를 부리지 않으면 먹을 걸 못 얻는다고 생각하는 것 같아."

어린 오랑우탄은 자기 역할은 끝났다는 듯이 테이블로 올라가 무릎을 세우고 자두를 집어 야마카와에게 하나 주고 자기도 하나 잡아 먼지를 털며 노련한 모습으로 먹기 시작했다.

3

야마카와는 옛날처럼 가정의 틀 안에, 아니 그보다 자신 속에 틀어박혀서 둥글게 익은 온실 속 멜론처럼 원만한 나날을 보내는 듯했다. 그 무렵 야마카와가 젊은 유라시안* 아가씨와 오차노미즈의 공습으로 불에 탄 지역을 걷는 것을 보았다는 사람이 있었다. 진지하게 몇 가지 얘기하자면 여성에 대한 야마카와의 극

* 유럽과 아시아 혼혈.

단적인 조심성과 예의범절을 아는 사람이라면, 누구라도 진짜라고 받아들이지 않았을 것이다.

학습원의 여자부 교사라고 하면 공주같이 자란 아가씨들을 상대로 즐거웠을 거로 생각할지 모르겠지만, 그건 상당한 오해로 그렇게 일하기 어려운 학교도 드물었다. 교사를 존경하지 않는 점이 유명했는데 무슨 선생은 어느 아저씨의 부하였다, 무슨 선생은 전에 어느 집 서생이었다는 둥 호구 조사를 하였다. 오히려 교사 쪽이 혼내지도 못하고 그대로 고개를 숙이고 있었다. 학부형들도 마찬가지여서 심부름꾼이나 아이들 앞에서 이번 원장은 벼락부자가 된 소화족(귀족)이라거나, 구(舊) 화족이지만 남작에서 올라온 겨우 자작이라는 등의 말을 함부로 흘려서 그렇지 않아도 불량한 자제들을 부추기는 짓을 했다. 전쟁 전 여자부 학생들은 모두 심술궂어서 아닌 척 했지만 조숙하고 안 좋은 쪽으로 정서가 발달해서 젊은 교사를 우습게 보며 복도에서 지나칠 때 과도한 터치를 하기도 했다.

야마카와는 다섯 살 무렵까지 공두병(空頭病)에 걸린 누에처럼 투명하고, 소년 시절에는 병약해 보이는 하얀 얼굴이었다. 대학을 졸업할 무렵에는 유럽 근동 지역에서 쉽게 볼 수 있는 나르시시스트형의 연약한 미남이었다.

야마카와가 여자부 영어 선생님으로 결정되자 여학생들은 하나요라는 여자 같은 이름에 먼저 반감을 품고 바로 공격에 들어갔다. 하지만 극단적으로 내성적이고 연약하며 긴 속눈썹이 눈가에 그림자를 드리우는 어딘가 품위 있고 감상적인 외모가 동정심과 보호 본능을 불러일으켰다. 공격은커녕 불쌍하다고 하면서 무작정 돌봐주기 시작했다.

야마카와의 사교성 부재와 예의 바름, 인간에 대한 조심성은 가정의 기질을 반영한 것이라고 하기보다는 사실 분쟁을 일으키는 것을 무엇보다 두려워한 성정 때문이었다. 그에게는 여학생들의 과도한 흥분 때문에 일어나는 갈등처럼 곤혹스러운 일도 없었다. 야마카와는 신경질적인 남자들에게 곧잘 있는 정직한 얼굴이어서 감정이 그대로 드러났다. 원래 우애와 평등은 절대로 일치할 수 없는 것이라서 오십몇 명의 얼굴을 골고루 평등하게 본다는 것은 어렵다. 그래서 교실에 있을 때는 노안이 아닌데도 도수 높은 돋보기를 쓰고 시선을 모호하게 흐리는 등 방어책을 간구해서 단 한 번도 파란을 일으키지 않고 지나갔다.

전쟁이나 연애뿐 아니라 격렬한 것, 이상한 것은 뭐든지 야마카와의 적이었다. 때문에 연애에 대해서도 바른 혈통이나 좋은 가문, 온화한 가족, 좋은 취향의 살롱, 세련된 대화, 절도 있는 예의범절 등의 배경 없이는 생각할 수 없었다. 그런 야마카와가 어디에서 온 지도 모르는 유라시안 여성과 버젓이 공습 터를 어슬렁거렸다는 것은 있을 수 없는 일이었다. 그래서 그저 듣고 가볍게 웃어넘겼는데 얼마 후 스다가 조반선 철도의 쓰치우라역 플랫폼에서 두 사람을 보았다고 이야기했다.

그것도 보통 사이가 아니라 아가씨는 야마가타의 목에 양팔을 걸치고 끊임없이 무언가를 속삭이고 야마카와의 볼을 쓰다듬고, 입을 맞추었다고 했나. 그 모습이 어딘가 처연하다고 할까

창연하게 아름답다고 할까, 어쨌든 직시하기 어려울 정도로 서로에게 매달려 있었다고 했다.

"쓰치우라의 나카무라정에 있는 모 기숙사에 자바나 수마트라에서 일본인을 쫓아온 인도네시아 혹은 네덜란드 아가씨들이 몇십 명인가 집단생활을 한다는데, 그러면 그런 계열인지도 모르겠네. 그게 사실이라면 야마카와의 생활사에도 대단한 이력이 붙었나 보군."

내 말에 스다는 화난 듯한 얼굴로 말했다.

"성실한 체하는 얼굴로 행세하고 다니지만 야마카와라는 녀석은 엄청난 위선자일지도 몰라. 요전에도 그럴싸한 소리를 하면서 연구실에 장난치러 왔더라고. 야마카와가 기르는 새끼 오랑우탄이 일본어 딕션에 우수한 반응을 보이는데 그런 예가 또 있는지 알려 달라는 거야. 유인원의 습성 연구는 소비에트 스우홈의 원류 과학연구소와 케라 박사의 원후원에서 하고 있는데, 그 보고서에 따르면 오랑우탄은 유럽의 2개 국어를 완전하게 이해한다고 되어 있어. 영어와 켈트어의 방언……하지만 네덜란드어의 소질도, 다이아어의 소질도 갖고 있진 않지. 물론 일본어 같은 걸 이해할 리가 없어. 그래서 그렇게 말해 줬네. 원숭이가 일본어를 이해하다니, 원숭이를 먹은 대가로 자네가 원숭이 말을 알게 된 거 아니냐고. 그러자 녀석은 그러면 좀 무서운 얘기로군, 하더니 뚱한 얼굴로 돌아가 버렸어. 어쨌든 그 녀석은 좀 이상해. 수상한 건 남녀 관계라고 하는데, 여성에 관한 것은 그렇다고 쳐도 야마카와는 그늘이 있어 본심은 먼가 말하려고 하지만 야마카와는 그걸 억누르고 있어. 그런 갈등이 나한테는 느껴져. 그날 밤 원숭이 얘기도, 완전히 허구라구. 뉴기니아에는 오랑우탄 따위 절대 없어. 두리안이라는 것도 있다면 한 번 보자구. 이 정도는 초등학생도 알아. 우리를 놀리려는 거라면 차라리 이해하겠지만 도대체 뭘 위해서 픽션까지 얘기할 필요가 있는 걸까? 오늘까지 아무한테도 말을 안 했지만 사실 좀 불쾌했네."

손을 씻는다든가 빨간색이 거슬린다든가 그런 점을 같이 생각해 보면 떠오르는 점이 없지는 않았다. 야마카와가 어떤 비밀을 갖고 있는가에 대해서도 그게 전부 야마카와의 문제이니 고백할 의무는 없지만, 있지도 않은 원숭이를 숙였다든가 피투성이의 손이라든가 왜 그런 쓸데없는 이야기를 했는지 이해되지 않았다.

스다가 돌아가고 이와키 난코가 찾아왔다. 그는 이자와와 같은 시절에 외무성 서기관으로 런던에 있었는데 마키노 화백의 영향으로 그림을 시작해서 외교관으로서 미래를 내던지고 파리의 가난한 화가 무리 속으로 들어갔다. 일본으로 돌아오는 길에 싱가포르와 하이퐁에서 남방의 풍경에 매료되어 말레이시아를 시작으로 자바, 수마트라, 필리핀 등 일본인의 고무농장과 사이자르 재배지에서 그림을 팔면서 이십 년 가까이 떠돌았다. 이와키는 그런 남자였다. 정의파에다 선한 사람으로 종전 당시 싱가포르에서는 전범이나 귀향하는 사람들을 돌보기도 하였다. 그러다가 여러 사람의 권유를 받아 남방에서 그렸던 그림으로 개인전을 열게 되면서 바빠졌다.

"웬일인가? 전시회 장소는 정해졌어?"

"겨우 일불 화랑에 끼어 들어갔는데, 걱정이 되어서……. 큰일이야."

"언제쯤 하는데?"

"이 개월 후야. 빨라도 이월 초. 그래서 오늘은 좀 부탁이 있어서 왔네. 데 비고라는 사람은 필리핀 네그로스섬에서 큰 설탕 공장을 하는 부자인데 장녀인 리나라는 아가씨가 야마카와를 따라와서 지금 도쿄에 있어."

"스다와 얘기했는데 그런 사람이 있는 것 같다고 들었네."

"야마카와는 부대 부관이면서 친 필리핀파 리더 같은 짓을 해서 지식 계급이나 상류층 사람들에게 인기가 좋았어. 마리포사라고 불린 나가사카 마쓰타로와 데 비고 저택에 출입하면서 가족처럼 대접받았는데 데 비고는 네그로스섬의 게릴라를 지휘한 혐의로 사십여 명의 대가족이 한 명도 남김없이 헌병대에 학살당했네."

"전에 들은 마리포사가 나가사카였나?"

"그래……야마카와는 그 일이 있기 한 달 전에 파나이섬 난치케로 전출되었는데 리나는 야마카와를 쫓아서 난치케로 가는 바람에 살았지. 그 후로 야마카와의 배속이 바뀔 때마다 따라다녔어. 종전 당시에는 수마트라에서 동거했다던데."

야마카와가 뉴기니아에 갔다는 것은 거짓말로, 종전 후에 얼마 지나지 않아 일본으로 돌아왔고 리나는 야마카와의 사랑의 맹세를 믿고 자바 신부 몇백 명에 섞여서 일본으로 도착했다. 고베의 다베에 있는 기숙사에 들어갔는데 야마카와가 나타나지 않아서 혼자서 도쿄에 올라왔다. 야마카와는 어머니가 어떻고 누나가 어떻고 답답한 소리만 하면서 약속을 지키지 않자, 리나는 야마카와의 어머니를 직접 만나러 갔다. 어머니는 리나가 돌아가겠다면, 여비는 부담하겠다면서 오천 엔을 내주었다고 했다.

"지금 환율로는 십이 불……그걸로 어디로 돌아가라는 건지 모르겠지만 리나는 돌아가고 싶어도 돌아가지 못하는 상황이야. 네그로스섬에서는 일본에게 원한을 품은 사람들이, 친일 성향이 있는 자는 누구라도 쏘아 죽인다는군. 리나는 나라도 고향도 버리고 야마카와를 따랐으니 명백한 배신이라서 돌아가면 죽은 목숨이지. 게다가 가을이 되면서 금세 추워지고 낯선 기후 탓인지 병들어서 쓰러졌어. 지금 미타카에 있는 요양시설에 누워 있는데 상당히 참담한 상황이래."

이와키가 어두운 표정으로 말했다.

"쓰치우라의 자바 신부 기숙사에 지인 딸이 와 있어서 소개를 받았을 뿐이지만 그냥 보고 지나칠 수가 없어서 야마카와를 찾아갔어. 야마카와의 말로는 동거한 건 사실이지만 언제까지 애정이 변하지 않는다는 약속은 하지 않았대. 연애라는 건 질릴 수도 있으니까 장래를 약속할 수 없다고 처음부터 확실히 말했다며 당당하게 대답하더군. 그래서 자네도 리나의 사정을 모르는 건 아니지 않느냐고, 자네는 그걸로 됐겠지만 아무 보증도 없이 이런 곳에 버려진 상대방의 입장을 생각해 보았느냐며 설득했어. 하지만 그렇게 불쌍하면 자네가 어떻게 해 주지 그러나는 테도로 나와서 전혀 대화가 되질 않았어."

"야마카와네 집 법도는 자신들 일가의 평화와 행복을 위해서라면 타인에게 아무리 희생을 요구하더라도 상관없는 걸로 되어 있지. 자기들 생활을 굳건하게 지키고 그 이외에는 일절 용인하지 않아. 처지가 곤란할 때는 잠언까지 끌고 와서 한 발도 양보하지 않아. 제멋대로인 데다가 의미도 모를 야마카와의 법도라서 자네 같은 사람이 맞설 상대가 아니야. 그런 곳에 찾아가는 게 바보라고."

나는 이런 얘기를 하다가 이유 없이 화가 났다. 담배가 무슨 맛인지도 느껴지지 않았다.

4

미타카역에서 제방을 따라 걷는다. 잡목림이 우거진 사이를 유속이 빠른 강물이 흐르고 있다. 제방의 큰 나무는 밤나무와 벚나무로 이파리 몇 개는 아직 떨어지지 않은 채로 있다. 대나무와 소나무 이외에는 모두 단풍이 들어서 빨강과 노랑 주홍의 조화가 끊임없이 변화하는 수면 위에 비추어 아름다웠다.

잡목림에 묻힌 긴 건물 현관을 들어가자 긴 복도가 왼쪽으로 이어지고 그 끝 방에 리나라는 아가씨가 있었다. 얇은 면 이불을 깐 캔버스 베드에 걸터앉아 창문 쪽을 향해 뭔가 하고 있었는데 문이 열리는 소리를 듣자 늘씬한 싱반신을 보이며 일어났다. 창문으로 들어오는 초겨울 오후의 햇빛을 옆얼굴에 받으면서 푸르고 큰 눈으로 내 쪽을 바라보았는데 숨이 찬 듯, 가녀린 손을 창문틀에 걸치고 몸을 지탱하면서 스르륵 다시 자리에 앉았다. 나이는 몇 살인지…… 아직 어린아이 같았는데 눈 깜짝할 사이에 피어오르는 위태로운 꽃 같은 부드러움이 가느다란 선의 청초한 소묘를 보는 듯한 인상을 주었다.

불운한 사람이 섬세한 변화에서 금방 불행을 예감하는 것처럼 이와키의 옆에 있는 낯선 남자에게 불안감을 느끼는 것 같았다. 하지만 이와키가 소개를 마치자 놀랄 만큼 흥분해서 "알게 되어서 기뻐요."라고 모음이 울리는 라틴식 영어로 인사하였다. 그녀는 가쁜 숨을 몰아쉬며 이런 곳까지 와 줘서 고맙다고 몇 번이나 말했다.

"리나 양, 오늘 방문한 목적은 당신의 요구를 듣고 야마카와에게 확실하게 책임을 묻기 위한 거니까 생각하고 있는 걸 모두 털어놓으면 돼요. 곧 좋은 병원으로 옮길 수 있도록 할 텐데 당장 필요한 것은 없나요?"

"부족한 건 아무것도 없습니다."

리나는 눈을 내리깔고 가느다란 목소리로 말했다. 슬프게 들려서 울고 있나 했는데 천사 같은 얼굴에는 순진한 표정만 보이고 어두운 구석이라고는 없었다.

"그래서 안 되는 거예요. 내연 관계일 뿐이라도 실질적으로는 아내니까, 이런 취급을 받아서는 안 되지. 원래 같으면 가정법원에 가져가는 게 빠를 테지만 그걸 못하니까."

"저는 이제 야마카와 씨를 원망하지 않아요."

"당신이 그런 말을 하면 우리가 아무것도 해줄 수가 없어요."

"요전에 야마카와 씨한테 편지를 받고 잘 알게 되었어요. 야마카와 씨가 나를 사랑했던 것, 결혼 약속을 했던 것, 그때는 거짓말이 아니었어요. 그러니까 야마카와 씨는 일본인에게 그런 일을 당한 가족 중 살아남은 나를, 한 일본인으로서 가능한 한 위로해야 한다는 의무감을 느꼈는데, 지금 생각해 보면 야마카와 씨에게 그런 부담은 너무 무거운 거지요."

"무겁다, 가볍다는 게 도대체 무슨 소린가요?"

"나와 결혼하면 내가 일어나고 앉고 돌아다니는 한, 일본인이 필리핀에서 한 일을 떠올리지 않을 수 없겠지요. 그게 한쪽이 죽을 때까지 계속된다고 생각하면 그것만으로도 야마카와 씨는 견딜 수 없을 것 같아요. 야마카와 씨가 약속을 깬 것은 사랑이 사라져서도, 마음이 식어서도 아니라 그런 어두운 가정이 되는 게 두려웠던 거예요."

"그런 건 처음부터 알고 있었던 거고 지금에 와서 그런 말을 꺼내는 건 핑계에 지나지 않죠."

"야마카와 씨만이 아니라 나도 그렇게 생각해요. 변하지 않는 사랑만 있으면 기억 같은 건 극복할 수 있다고 단순히 생각했는데 틀렸던 거지요. 연애의 열정이 식어서 냉정하게 되었을 때, 내가 결혼한 것을 조금도 후회하거나 원망을 듣거나 한다면……지우려고 해도 지울 수 없는 기억을 품고 언제나 그것을 통해서 서로의 얼굴을 마주해야 한다면."

"결국 야마카와가 그렇게 말한 거군."

"그래요. 그리고 나는 수마트라의 전범 재판에서 증인으로 서서 일본인의 죄를 증언한 적이 있어요. 그걸 잊고 있었어요. 어떤 일이 있어도 야마카와 씨와 결혼할 수 없는 요소가 있는 거예요. 슬프지만 포기할 수밖에 없어요."

"리나 양, 당신이 고발한 건 나가사카였지. 마리포사라고 불리던 녀석 말이야."

리나는 눈을 내리깐 채 대답하지 않았다.

뭘 말하려는지는 충분히 알 수 있었다. 막이 가지는 진실성에 감화되어서 경의와 동정심을 느끼면서 들었는데 리나라는 아가씨는 사랑에 눈이 멀어서 야마카와의 다른 허상을 그려내고 있는 듯했다. 그 인물은 우리가 알고 있는 야마카와와는 전혀 달라서 의욕이 떨어지고 힘이 빠졌다.

"뭔가 종잡을 수가 없네."

"그렇다고 내버려 둘 수는 없어. 그건 좀 심하잖아. 난 지금 야마카와한테 가 볼 거야."

그렇게 말하고 나는 신주쿠에서 이와키와 헤어졌다.

날이 저물어 갈 무렵 현관의 포치 옆 회화나무 잎 더미 속에서 얼핏 검은 그림자가 움직였다. 어린아이가 올라간 건가 하고 보니 요전에 본 오랑우탄이 옆으로 난 가지에 앉아서 흔들흔들 움직이는 마른 잎을 그리스의 현인 같은 얼굴로 바라보고 있었다.

응접실에서 기다리고 있는데 사십오 세의 노처녀가 황후의 궁중복 스타일을 흉내 낸 묘한 옷차림을 하고 나왔다.

"하나요는 감기 기운이 있어서 삼일 전부터 방에 틀어박혀 있어요. 치에코 말고는 아무도 가까이 오게 하지 않네. 용건이 있으면 내가 들을게, 무슨 일이에요?"

"용건이랄 것까지는 없습니다. 리나라는 아가씨 일인데요."

"아, 그 아가씨 말이군요. 그래, 두 번 정도 집에 온 적이 있어. 피부는 검지 않았지만 까무잡잡하고 애교라도 있으면 좋았을 텐데 그렇지도 않았지. 시든 들국화처럼 재미없는 아가씨였어…… 애정이라는 건 참 이상한 거예요. 하나요의 손에 조금 닿기만 해도 흥분해서 흰자위를 드러내면서 경련을 일으키듯이 과민 반응을 보이고……미친 게 아닌가 생각할 정도였다니까. 또 찾아온 건 괜찮지만 말도 없고, 갑자기 한없이 울기만 하고, 어떻게 해야 할지 몰라서 난감했어요. 그런데 그 일을 어떻게 알지?"

"오늘 이와키가……이와키 난코가 단풍을 보러 가지고 불러서 갔다가 갑자기 소개를 받게 되었는데 너무 열악한 곳에 있더라고요."

"이렇게 말하면 좀 그렇지만, 자업자득이지. 무계획적이었잖아. 공상적인 아가씨는 대개 그런 경우를 당하는 법이야. 전쟁 후 정신없는 시기에 현지에서 신세를 진 일이 있었다지만 그렇다고 일본까지 쫓아오다니 너무 비상식적이잖아요?"

"연애라는 게 원래 비상식적인데 제가 듣기로는 야마카와 군이 약속하고 데려온 거라니까 오히려 순진했다고 해야겠죠."

도키코는 차가운 미소를 띠고 나를 뚫어지게 쳐다보더니 갑자기 등을 바로 세우고 말했다.

"댁도 안 되겠네. 하나요에 대해서 전혀 모르잖아요? 여러 진실이 반드시 사람을 움직이는 것도 아니고, 순진함이 언제나 사람을 감동시킨다는 법도 없지요. 상대에 따라서는 성실하게 다루어서는 안 되는 경우도 있고, 거짓말을 섞어서 말하는 편이 덕을 나타내는 경우도 있어. 하나요는 필요하다면 백 번이라도 약속을 할 거고 그걸 깨기도 하겠지. 여학교에서는 백오십 명이나 되는 다루기 어려운 학생들을 흥분시키기도 하고 가라앉히기도 하고 자유자재로 하던 하나요니까, 여자 한 명 정도에 감정 조절을 실패하는 일은 없어요. 그런 어울리지 않는 이기씨한테 이러쿵저러쿵 말을 들으면 하나요는 유감스럽게 생각할 거예요. 그렇게까지 바보 같은 여자라는 걸 알아보지 못한 건 잘못이지만, 그래서 그걸 깨닫자마자 정리한 것 같아요. 그 아가씨, 뭐라던가요? 이제 하나요를 원망하지는 않는다고 하죠?"

"그렇게 말했어요. 감쪽같이 당했네요."

"얘기를 듣는 걸 잊어버리고 있었네. 무슨 용건이었지요?"

"갑자기 야단을 맞아서 머리가 멍해졌는데……이와키 같은 시끄러운 녀석도 있으니 신문기자에게 알려져서 이쪽 이름이 들먹여져도 곤란하니까 좀 더 좋은 곳으로 옮기는 게 좋지 않을까 해서요. 쓸데없는 참견이긴 하지만."

"그런 신경까지 써 주다니 고마워. 하지만 그런 번거로운 일을 할 필요까진 없어요. 내버려 두면 자연스럽게 해결될 문제니까. 의사는 이번 겨울을 넘기지 못할 거라고 하니까. 못 들었나?"

"그렇군요. 그렇긴 하네요. 시간이 최대의 조정자라는 거네요.

옛날 사람들은 참 훌륭한 말을 했어요."

"그렇게 되기를 바라는 건 아니지만, 죽는다면 어쩔 수 없지요. 신께서 부르시는 거니까."

아까부터 2층이 소란했는데 점차 싸움이라도 벌어진 것 같은 거친 소리가 들려왔다.

"무슨 일일까요?"

도키코가 이상한 얼굴로 귀를 쫑긋 세웠고 쿵쾅거리는 소란한 소리는 점점 더 심해져서 원숭이 비명까지 섞여 들려왔다. 안쪽 방으로 이어지는 문에서 치에코와 잠옷을 입은 야마카와 어머니가 나왔다.

"도키, 무슨 일이지? 아, 미안해요. 이런 차림으로."

"글쎄요."

"글쎄요 같은 말만 하지 말고 어서 보고 와 줘, 치에코. 그렇게 서 있지 말고."

총성이 들려오고 그다음에는 장난이라도 치는 듯한 총성이 여섯 발까지 들렸다.

"2층에 있는 사람이 야마가타 군뿐입니까?"

"아뇨, 원숭이가 있어요."

치에코가 뭔가 알고 있는 듯한 차분한 목소리로 대답했다.

계단을 쿵쾅쿵쾅 울리는 소리가 나고 야마카와가 초점을 잃은, 고열에 시달리는 듯한 풀린 눈빛으로 응접실로 들어왔다.

"어떻게 된 거야?"

"원숭이가 이상한 흉내를 내서 말이야. 위험해서 처리했어. 저런 시끄러운 원숭이가 있다니."

야마카와는 우울한 얼굴로 중얼거리고는 긴 의자에 깊이 앉아 양손으로 얼굴을 감쌌다. "남들 앞에서 그런 모습을 보이다니, 왜 그러는 거지?" 도키코가 성큼성큼 하나요 옆으로 가서 서슬이 퍼런 얼굴로 질책했다.

"도키, 지금 그런 말을 해 봤자 소용없어."

"어머니는 가만히 계세요. 야마카와에게는 유다 같은 밀고자는 없을 겁니다."

그렇게 말하고는 도키코가 내 옆으로 왔다.

"오늘은 상황이 복잡하니, 실례지만 돌아가 주겠어요? 다음에 다시 오시고."

그녀는 과장해서 예의를 차리고 의미 없는 억지웃음을 지으면서 나를 쫓아냈다.

5

2월 5일 오전 8시경, 야마카와가 신주쿠에서 신오쿠보 간의 소위 마의 커브 구간을 달리던 기차에서 떨어져 뜻밖의 죽음을 맞이했다. 철로 바닥에 떨어졌다가 바퀴에 부딪히면서 제방 아래로 튕겨나간 듯, 오쿠보 햐쿠닌정의 도랑 속에서 죽은 채 발견되었다.

객관적인 상태에서는 불의의 죽음이지만 사실은 사고를 가장 계획적 자살이었다. 장소나 조건을 실제 상당히 오랫동안 연구했다는 내용이 편지에 있었다. 자살하는 데 그런 답답한 방법을 고른 것은, 그게 가장 좋을 거라고 생각했기 때문으로 그 이외의 다른 꾸밈은 없었다. 야마카와를 극단적 선택으로 몰아넣은 여러 가지 사정과 이유를 생각해 보면 야마카와로서는 그 이외에는 다른 방법이 없었다는 점이 이해가 갔다.

기리가다니의 화장터로 가기 위해 집에서 일찍 나와서 일불화랑에 이와키의 그림을 보러 들렀다.

맑은데도 어딘가 어두운 느낌이 드는 아침인데 걸으니 땀이 났다. 접수대의 여자에게 명함을 주고 갤러리로 들어가니 사람 좋은 이와키의 얼굴이 보였다. 재능은 없고 수준이 떨어지는 그림뿐이어서 몸을 뻐딱하게 하고 빠른 발걸음으로 둘러보려는데 창문에서 멀리 떨어진, 그림자가 떠도는 어두운 벽면에서 깜짝 놀랄 만큼 선명한 색채가 날아오르듯 눈에 들어왔다.

바탕을 회색으로 균일하게 칠한 캔버스 중앙에 주홍색 벨벳을 잘라 붙여 통통한 양감을 살린 형태가 봉긋하니 솟아 있었다. 꽃인가 하고 보니 그렇지는 않고 비스듬하게 날고 있는 한 마리 나비의 그림이었다.

제목은 '마리포사 로하(빨간 나비)'였고 학명은 무엇일까. 메탈마크를 닮았지만, 또 그것과도 다르다. 머리부터 날개 끝까지 온통 주홍색이고 위는 하얗고 섬세한 아라베스크를 배치한, 본 적 없는 진기한 그림이었다. 등 쪽 부풀어 오른 곳의 핏빛 주홍은 특히 진하면서 통통한 날개의 두께를 느끼게 했는데 미묘한 느낌으로 아래 날개 쪽으로 가면서 흐려졌다. 톱니 모양의 끝부분은 이 세상에서 상상할 수 있는 가장 정교한 레이스의 당초 문양이었는데 흰 산화아연 바탕 속으로 녹아들도록 해 몽환적 느낌이 나도록 했다.

야마카와가 마지막으로 보내준 편지는 장황하고 복잡한 내용이었다. 이런 종류의 고백이 자기연민에 빠지지 않고 겸허한 태도를 끝까지 유지하면서 담담하게 전하는 예는 드물다. 재수 없는 녀석이라는 말을 들어온 야마카와였지만 경박하게 보였던 성정 깊은 곳에 실은 깊은 영혼이 숨어 있었던 게 아닐까 하는 당혹감이 들었다.

인척 정책으로 학계, 정계에 혈연 족벌의 일대 세력을 형성한 요네사쿠, 하타, 후지이케 등 명문가 중에 야마카와 가문도 있었다. 야마카와의 집안은 딸을 사회사업가와 교육자에게 시집보내서 인척 관계를 맺었다. 이러한 방식으로 인척 집안들 간 상호부조를 통해 교육계에 세력을 확장하는 것이 야마카와 가문의 최고 미션이었으며 태어날 아이들은 물론, 시댁의 어머니 쪽 사촌 자매들까지 모두 집안의 미션에 참여할 필요가 있는 요원들이었다. 야마카와의 소집 영장은 아닌 밤중에 홍두깨로 모든 방법을 동원해서 소집 해제를 시키려 움직였다. 하지만 전쟁은 패전 단계로 들어가 국가 총동원법이 발동되면서 예비 소위로는 폐병이라도 걸리지 않는 한 참모총장의 힘으로도 속일 수 없다는 걸 알고 작은 누나 아사코의 남편인 군무차장 기하라 대좌를 중심으로 가족회의가 열렸다.

"일본 남자가 모두 죽어도 괜찮지만, 하나요는 죽으면 안 됩니다. 절대로 죽이지 않는다는 보증을 해 주세요."

야마카와의 어머니는 기하라에게 말했다.

비교적 자유롭고 우대를 받는다는 점에서는 참모 부관이나 사령부 소속만 한 곳이 없었다. 까다로운 복무규율이 있는 데다가 어떤 어려운 곳으로 가게 될지 모르고 음식 사정에서도 내지는 좋은 곳이 아니었다. 물자가 풍부한 점령지 정보 관계 특무 장교라면 머리도 기른 채 군복을 입지 않아도 되고, 부관병 혹은 고등 관병 등의 불분명한 직함이 붙을 뿐 계급 구별이 없어서 하고자 하면 호텔에서 호화롭게 지낼 수 있었다.

미드웨이의 무적해군 회멸에 의해서 M 작전이 중지되고, 전군 작전의 경과도 어느 틈에 지는 해의 기운이 느껴지자, 점령지의 민감한 상류 계급은 정확하게 일본의 전세를 읽었다. 네그로스섬에서는 알코올 탱크가 폭파되고, 파나이섬에서는 석유회사 사원이 살해되었다. 표면에 드러난 것은 섬의 폭도였지만, 게릴라를 지휘하는 집단은 마닐라의 상류 지식 계급이라는 사실이 알려졌다. 이런 객관적 정세에 의해서 거칠기만 한 헌병 오장이나 육중한 헌병 분대장이 접근할 수 없는 폐쇄 계급에 침투하는 하이브로우 특파 요원이 필요한 상황이었다.

충분히 검토한 끝에 입대하기로 소집에 응했는데 미리 통달이 있었던 듯 입영하자마자 나카노학교의 병종(세 번째 등급)학생으로 선발되어 점령지 행정학과 모략학을 주로 배우는 개인 정보 전문의 단기 특무 교육을 받았나. 모략학에는 위장, 잠행,

연락, 은신 등의 기본 과목 외에도 아도니스 같은 미남형의 학생을 위해서 Seduction(유혹 및 회유)라는 별과가 있었다. 이곳에서는 성격학, 여성 심리, 여성 생리, 예의, 취미 등의 과업과 병행하여 숙련된 재외 무관이 사교의 실제를 지도했다.

필리핀 지구에서 야마카와의 생활은 일류 호텔이나 아파트에서 거주하면서 흰 마로 된 수트나 타갈로그식 카미사를 입고, 소위 명사들이나 지식인들이 모이는 살롱 바에서 "정중하게 걷고 겸손하게 눈을 내리깔면서 세련된 미소를 지어 군부의 무지함에 대해 교묘하게 비난하고, '일본인은 상상력이 결여되어서 타국민 통치는 못한다'는 등의 말을 하는" 것이었다. 반파시즘적이고 지적인 민주주의자 혹은 군벌에 대립하는 귀족 자제라는 인상을 주면서 상대의 반응 속에서 미묘한 반응을 포착해 데이터를 헌병대에 넘기면 그 정보는 바로 다른 지구로 보내졌다. 야마카와는 이런 행태의 업무를 반복해 왔다.

야마카와는 자신이 모은 자료가 극단적인 방법으로 처리되는 것에 당혹스러움을 느꼈다. 하지만 패전의 템포에 맞춰 점점 잔인해지면서 뿌려지는 피의 양도 걷잡을 수 없이 늘어났다. 필리핀 점령지 행정은 참담한 상황으로 흘렀다.

야마카와는 전쟁에서 죽고 싶지 않다고 생각했으나 자신의 안전과 안이한 생활을 타인의 재난과 파멸 속에서 찾는 것까지 원하지는 않았다. 특수 근무의 추악함이 주는 충격으로 우울해졌지만, 조직 구조상 싫어졌다고 해서 이탈할 수도, 그만둘 수도 없었다. 전쟁이 끝나지 않는 한 이런 일을 영구히 계속해야 한다

고 생각하니 나약함에 대한 커다란 대가에 새삼스레 아연실색
해졌다.

 "특수 장교로 임명되어 바라던 대로 일이 이루어지고 전쟁에
서는 절대 죽지 않는다고 정해진 순간부터 되돌릴 수 없는 생명
의 추락이 시작되었다. 이 일의 비열함을 예견할 수 있었다면,
이렇게까지 마음의 평화가 흔들리고 밤낮없이 피투성이의 환상
에 번민해야 한다는 것을 알았다면…… 이렇게 계산이 맞지 않
는 임무를 고르지는 않았을 것이다. 그 무렵 우연히 빌드라크
(Charles Vildrac, 1882~1971)*의 시에서 이런 구절을 읽었다.
 '이럴 줄 알았다면 최초 전투에서 최초 전사자가 되는 게 좋
았을 텐데.'
 답답한 마음을 풀 수 없어 후회하던 때였기 때문에 이 시구는
강하게 마음을 두드렸다. 어떻게든 죽기는 싫어서 여전히 추악
한 일을 계속해 갈 수밖에 없었다."

 야마카와가 필리핀 지구에서 네덜란드령 지구인 수마트라로
전출되자 종전이 되었다. 마닐라시 필리핀 전범 재판 과정에 몇
번이나 야마카와의 이름이 나왔는데, 야마카와는 필리핀 지식
계급들에게 '친 필리핀파의 온화한 일본인'이라는 인상을 주어

* 프랑스의 시인·소설가·극작가. 뒤아멜 등과 함께 시사(詩社) 〈아베이 Abbaye〉를 창
립했으며, 레지스탕스에 참가하였다가 구금되었다. 소박하고 섬세하며 인간성이 풍부
한 작품을 남겼다.

서 어떤 사건의 현장에도 없었다는 이유로 문제시되지 않았다.

나가사카는 수마트라에서 게릴라 억압 학살 사건에 관여했을 뿐 아니라 필리핀 잔학 사건의 오퍼레이터였던 것이 적발되어, 바타비아로 보내진 후 교수형을 당했다. 야마카와는 석유산업 회사의 고급 사원 신분을 취득하여 비서로 위장하고 리나와 남방무역 클럽에 자리를 잡았던 무렵이어서 전범과는 관계없이, 종전이 되던 해 11월에 가장 빨리 리버티호(號)로 귀국했다. 귀국 후 1948년 봄까지는 가나자와의 백운장 호텔에서 유유자적하면서 필리핀 재판의 진행을 지켜보았다. 재판이 5월에 종결되었고 그 후 메구로에 있는 자택으로 돌아갔다. 백운장 체재 중에 야마카와는 집과 끊임없이 연락을 취했기 때문에 누나 도키코가 이자와의 아내에게 말한, "깜짝 놀라서 유리문에 기댄 채 움직이지 못했다"는 것은 전혀 사실이 아니다.

사건은 모두 과거의 일이 되어 필리핀 잔학 사건의 실상도 전쟁의 기억과 함께 잊히면 되었지만, 꽃에도 풀에도 이미지가 씌워져서 아무리 털어 버리려 해도 음울함은 털어지지 않았다. 야마카와가 생각한 것보다 의외로 정신 쇠약 상태는 심했고 현실에서도 환상이 깊어져서 자신은 사회의 사람들이나 사물과 유리된 존재이고, 인간적 교섭을 할 권리가 없다는 이유 없는 절망감에 괴로워했다.

"자신의 사상을 감추는 최상의 방법은 생각하지 않는 것이라는 논리는 나도 알고 있지만, 잊거나 생각하지 않는다는 것만큼 나에게 곤란한 일은 없다. 무엇을 보아도 금방 생각나고 곧 그 생각에 빠져 버리거든."

　끊임없이 야마카와의 마음과 영혼을 위협한 것은, '발각되면 교수형'이라는 단순한 관념이었는데 모든 것이 일상으로 돌아오고 세상이 안정되면 될수록 공포는 점차 증대되고 두서없어졌다. 별것 아닌 일이라고 해서 발각의 단서가 되지 않을 리 없다고 생각한 그는 6년간의 행적을 앞뒤로 맞추는 데 고심했다. 어디서 공격을 받아도 철벽 방어를 할 정도로 준비했지만, 귀향 축하연에서 가사하라에게 '자네 얼굴은 미식하며 안락하게 지낸 얼굴'이라고 간파당한 것은 치명적이었다. 이 정도면 괜찮다고 자부했음에도 자신의 허점을 눈치채지 못한 허탈함으로 그는 자신감을 잃어버렸다.

　리나가 일본으로 찾아온 것도 그로서는 재난이었지만, 나가사카의 오랑우탄과 해후는 전혀 예상치 못한 만큼 야마카와를 크게 동요시켰다. 가만히 생각해 보면 그런 우연도 충분히 있을 수 있었다. 하지만 야마카와는 자신의 죄를 규탄하기 위한 무언가의 의지라고 생각되자 더 종잡을 수 없었다.

　"최초로 마음에 떠오른 것은 결국 이 오랑우탄이 고발할 거라는 생각이었다. 왜 그런 생각이 떠올랐는지는 모르겠다. 그런 의미에서라면 리나가 가장 위험한데 그건 전혀 생각해 보지 못했다. 나중에 어느 정도 안정이 되었지만 그때 받은 충격에서 결국 마지막까지 도망칠 수 없었다."

　사다에게 오랑우탄을 받아서 침실에 처박아 두기로 생각했는데 그 후로 오랑우단의 수다가 야마카와를 괴롭혔다. 사람들에게는 행동으로만 보이는 것도 야마카와에게는 확실히 의미를 전달하는 말이 되어 들렸다. 많이 취해 몽롱해지면 나가사키의 목소리로 "이봐, 따라, 따라."라고 말했다. 깜짝 놀라서 눈을 뜨면 오랑우탄은 아무 일도 없다는 듯한 얼굴로 뒷다리로 목 뒤를 긁고 있었다. 기분 탓이라고 억지로 생각을 떨쳐 버리고 졸기 시작하면 오랑우탄은 나가사카의 버릇처럼 콧소리로 "흥" 하면서 코웃음을 쳤다.

이런 일이 며칠 동안 계속되어 야마카와도 견디지 못하고 오랑우탄에게 일본어의 소질이 있는지를 물어 보러 스다를 찾아 갔지만, 결국 대답을 얻지 못하고 돌아왔다. 오랑우탄을 죽인 것은 그런 부조리한 정신의 억압에 그 이상 견딜 수 없었기 때문이었다.

1월 초에 리나가 죽었다. 리나에 대한 야마카와 집안의 취급은 세상이 아는 것만큼 냉혹하지 않았다. 사실은 어렵지 않을 만큼 매월 몰래 원조를 보내 은혜를 베풀며 묶어 두었다. 리나가 죽었을 때도 도키코가 가서 나중에 문제가 생기지 않을 정도로 처리를 하고 걱정거리가 없어졌다고 가슴을 쓸어내렸다. 야마카와는 비밀을 나눌 사람이 있는 것에 어느 정도 위안을 받고 있었는데 리나마저 죽자 비밀을 나눌 사람이 사라져 고독감에 짓눌렸다.

야마카와는 무한의 고독과 음울한 억압에서 해방되고 싶다는 바람으로 제어가 되지 않아서 MP(military police)를 만나면 "이봐요, 나는 말이에요."라고 말을 걸고 싶은 충동이 생겼고 그는 그 충동을 억누르느라 진이 빠졌다.

1월 말의 어느 밤, 야마카와는 어머니와 도키코에게 더 이상은 정말 견딜 수 없으니 자수하고 싶다고 말했다. 두 사람은 깜짝 놀라며 그런 짓을 한다면 마무리 단계에 있는 치에코의 혼담은 물론 오늘까지 쌓아 올린 야마카와 가문의 사회적 신용도 여러 귀족과의 친분 등 모든 것이 무너지게 된다, 아무리 괴로워도 그런 유다적인 행위는 허용할 수 없다, 부탁이니 그것만은 참아 달라고 전쟁미망인이 된 작은 누나 아사코까지 달려와서 눈물로 저지하는 연극적 국면을 맞이했다. 그렇다면 죽을 수밖에 없다고 야마카와가 말하자 가족들은 기독교에서는 자살은 최대의 죄악이니 그런 짓을 한다며 야마카와 집안의 신앙생활을 절명시키는 것이라고 했다. 그래서 야마카와 일가의 체면을 지키면서 일반인의 의혹과 사회의 비판을 피하기 위해서는 과실치사를 가장하는 것 이외에는 없다는 결론에 도달했다. 이런 생각은 무겁다고 해야 할까, 가볍다고 해야 할까. 요약하자면 야마카와의 인생은 나를 포함해서, 사방팔방으로 눈치만 보던 극심한 겁쟁이 인간의 역사였다.

그림의 모호한 회색 부분은 하늘일까, 물일까. 이 나비는 날고 있는 것일까, 흘러가고 있는 것일까. 핏빛 빨강과 뼈의 하얀색을 날개에 칠을 한 한 마리 나비는 적막한 공간에 위태롭게 걸려 있다. 야마카와의 편지에는 쓰여 있지 않았지만, 마리포사는 나가사카가 아니라 야마카와였다는 것이 여러 가지 사정으로 보아

이제 명백해졌다. 이 그림의 나비는 야마카와의 생애에 대한 풍자 같은 것이라고 할 수 있다. 기리가다니까지 가는 길은 길고 적막해서 뭔가를 생각하게 했다. 대합실에는 야마카와 가문의 족벌에 연결되는 모 박사와 그 부인, 영리한 얼굴, 빈틈없는 면면들이 종교적인 가짜 어둠을 드리우고 지극히 침울하게 앉아 있었다.

두 시간 정도 지나자 가늘고 긴 야마카와의 신체가 뜨거운 한 줌의 뼈가 되어 돌아왔다. 야마카와의 뼈는 흰색과 옅은 회색에 내루밀란 내지의 닉엽 길은 길색을 섞은, 위드릴로(Maurice Utrillo, 1883~1955. 프랑스의 화가)가 그리는 흰 벽 같은 고담함을 풍기며, 바람이 불면 날아갈 듯 가볍게 철판 위에 놓여 있었다. 직원이 뼛가루를 작은 빗자루로 철판 한가운데에 모으기 시작했다. 그러자 뼛가루는 나비 날개의 가루처럼 가볍게 날아올랐다. 마치 야마카와가 조문객 한 사람 한 사람의 호흡을 통해 유품을 나누어 주는 듯 가루는 허공을 날고 있었다.

『주간 아사히 기록문학 특집』 1949년 9월호 발표

사라진 남자

마키 이쓰마

1

밤중에 옆에서 자던 남자의 신음을 한 번 듣고 다메키치는 다시 잠들지 못했다. 그 남자는 뒷마당에 내려갔다가 낮 동안의 피로가 몰려오자 곧바로 이불로 다시 돌아간 것 같았다. 그는 어제 무면허 의사에게 가서 이를 뽑고 온 자리가 아프다고 하면서 종일 상태가 안 좋았다. 다메키치는 고베에서 선원들이 묵는 숙박업소를 찾아다니다가 어제 방파제 근처에 있는 이 합숙소에 도착했다. 여럿이 같이 쓰는 방에서 그 남자와 처음 만났는데 그는 귀찮다는 듯 다메키치를 힐끗 쳐다보았을 뿐 입을 꾹 다문 채 아무 말도 하지 않았다.

남자는 긴카이 상선의 도요오카마루라는 배에서 하선한 지 얼마 안 되는, 삼등 기술자였다. 그는 기름 치는 일을 하였는데 원항선 전문의 갑판부에서 일하는 다메키치와는 이야기도 통하지 않았다. 그래서 다메키치는 남사가 밤중에 신음하고 있어도 별로 신경을 쓰지 않았다.

아침에 기름 냄새나는 이불 속에서 다메키치가 눈을 떴을 때 옆자리의 침대가 텅 비어 있었지만, 그는 대수롭지 않게 생각했다. 그것보다 이미 오랫동안 육지에 있어서 기관의 진동과 그 굵은 저음 등이 더할 나위 없이 그리웠다. 특히 아침에 눈을 뜨면 더욱 허전하게 느껴졌다.

호주 항로의 수습 선원이나 아메리카행 잡역부라도 좋으니까 오늘이야말로 어떻게든 승선을 해야겠다고 생각하면서 다메키치는 아침도 대충 먹고 게시판이 있는 곳으로 나갔다. 칠판에는 단 하나, 사할린 정기선(船)의 프라고에 이등 요리사를 구하는 광고가 나와 있을 뿐이었다. 칠판 앞의 큰 테이블 위에 언제나 빙 둘러앉아 양반다리를 한 사람들이 아침부터 도박판을 벌였다.

"자, 걸어. 걸라구!" 친요마루에서 하선한 사와구치가 이 판의 선(先)인 듯했다.

"걸어서 나쁜 건 아버지 머리랄까."

"헤, 안 걸으면 못 팔아먹지, 전등 장수라고 하던가?"

다메키치는 멍하니 서서 커지는 판을 바라보고 있었다. 켄푸쿠마루가 혼자 돈을 긁어모으고 있었다.

"적당히 좀 해, 이 사람들아."

여주인 오킨 할멈이 나왔다.

"지금 한 명 왔는데 아침부터 뭐지? 그리고 다메 씨, 잠깐 나좀 봐."

흙바닥 마루를 통해 사무실로 연결된 바깥쪽 입구로 나갈 때까지 오킨 할멈은 낮은 목소리로 계속 속삭였다.

"솔직히 말이야, 그게 제일이지. 누구나 속마음이란 게 있으니까. 별거 아니겠지만 뭐 솔직하게 말이야."

손가락 상처에 신경을 쓰면서 다메키치는 뭔가 뚱한 얼굴을 하였다. 뭔가 아는 듯하면서 아무것도 모르는 듯한 묘한 기분이었다. 사무실에는 밝은 오전 햇빛이 흘러넘쳐 잠시 눈이 부셨다.

"자네가 다메라는 사람인가?"

굵은 목소리가 들렸다. 대답하기 전에 다메키치는 눈을 깜빡이면서 목소리의 주인공을 올려다보았다. 양복을 입은 사십 대 남자였다.

"자네는 사카모토 신타로라는 자를 알고 있지?"

남자는 곧바로 이어서 질문했다. 사카모토 신타로라는 자는 어젯밤 공동 숙소에 있던 남자 이름이었다. 상대의 태도에서 뭔가 심상치 않은 사건임을 직감한 다메키치는 말없이 끄덕였다.

"만만치 않겠어!"

남자는 다메키치의 손목을 잡았다. 여러 놀란 얼굴이 문틈 사이에 줄지어 있었다.

"난 칸논자키서(署)에서 나왔다. 잠시 같이 가지."

다메키치는 이상할 정도로 침착했다. 주위 사람들이 웅성거리는 것을 태연하게 바라보며 입가에 옅은 웃음까지 띠었다. 그런 태도가 그를 극악무도하게 보이게 했다. 단지 떠보기 위해서 겨질새 나왔던 형사는 "얼른 얼른 와."라고 하면서 혼자 흥분해

다메키치를 문 앞까지 끌고 가려고 했다.

"갑니다. 가기만 하면 되는 거죠. 뭘 곧 알게 될 일을 가지고."

"빨리 해."

형사는 다메키치를 쿡 찌르려고 했다. 그 손을 뿌리치고 다메키치가 외쳤다.

"무슨 짓이야! Damn you."

형사의 오른손이 날아와서 다메키치의 따귀를 때렸다.

"저항하면 가만 안 둔다."

"아이고, 형사님." 얼굴 마담 역의 아쓰리카마루기 되어 나왔다.

"본인도 얌전히 따라간다고 하지 않습니까, 그런데 도대체 무슨 짓을 했다는 거예요?"

"뻔뻔한 놈이야."

형사는 씩씩거렸다.

"너희들은 아직 몰라? 어젯밤에 사카모토 신타로가 살해당했다."

일동은 아연실색하며 놀랐다. 가장 놀란―혹은 그렇게 보인―사람은 다메키치였다.

"그게 정말입니까, 그게!"

"시치미 떼지 마!" 형사가 외쳤다.

"본서에 송치하기 전에 증거물을 수색해야 돼. 앞으로 나가!"

형사가 몸수색을 하자 다메키치의 작업복 바지춤에서 'SAKA-MOTO'라고 로마자가 새겨진 소형 잭나이프가 나왔다.

"그건 아니야."

다메키치는 새파랗게 질려서 말했다.

"시끄러!" 형사는 다메키치의 손가락 상처를 눈여겨보았다.

"그 붕대는 뭔가? 피가 묻어 있잖아. 어쨌든 같이 좀 가야겠어. 할 말이 있으면 형사실에서 말해, 이리 와!"

웅성웅성 떠들고 있는 합숙소 선원들을 곁눈질하면서 다메키치는 형사가 이끌리는 대로 밖으로 나갔다.

화창하고 아름다운 봄날, 아지랑이가 피어오르고 있었다. 해안가 길에는 잡역부 곤조 등이 무리를 지어 시끄럽게 서로 소리를 지르고 외국인 선원들이 삼삼오오 걸어 다니고 있었다. 스스로도 이상할 정도로 침착한 다메키치는 형사에게 딱 붙어서 나란히 걸어갔다. 이제 더 이상 어떻게 되든 상관없다는 기분이었다. 길 가는 사람들의 얼굴을 멍하게 바라보았다. 자신의 일이 남에게 일어난 일처럼 느껴졌다. 단지 이 일로 당분간 바다에 나갈 수 없다고 생각하자 그 점이 너무나도 안타까웠다.

새벽녘에 해안가 길을 순찰하던 간논자키서의 한 형사는 오킨 할멈의 선원 숙소 앞 보도에서 엄청난 양의 피를 발견하고 깜짝 놀랐다. 방울방울 떨어진 핏자국이 남쪽으로 반 초* 정도 이어졌는데 그곳에 남겨진 구두자국과 주변에 흩어진 옷 조각 등이 있는 걸로 보아 분명히 격투가 벌어졌던 것으로 추정하였다. 거기는 탱크선이 도착했던 곳으로 암벽 바로 아래부터 깊은, 기름 섞인 물이 먼 바다로 흘러가고 있었다. 그 돌담 위에 사카모토 신

---

* 50미터 정도.

타로의 선원 수첩과 전당포 딱지 한 장이 떨어져 있었다.

곧바로 관할서의 수사가 시작되었다. 동기가 명확하게 판별되지 않아서 제1용의자로 자연스럽게 찍힌 사람이 같은 방을 쓴 모리 다메키치였는데 이런 경우 어쩔 수 없는 일이었다. 그런데 그물을 걷어 올려도, 잠수부를 내려 보내도 사카모토의 시체는 물론 소지품 하나 올라오지 않았다. 만조를 기다려 수상경찰서와 협력하에 일제히 해저를 조사하기로 하였다.

나이프나 손가락 상처로 보면 역시 다메키치는 자신의 모습을 교수대 위에서 보게 될 것 같은 생각이 늘어 노서히 말이 움직이지 않았다. 그는 무엇보다도 바다를 버릴 수가 없었다. 막다른 길에 낡은 석조 경찰서 건물이 그를 기다리고 있었다. 이국적인 향기를 품은 바닷바람이 다메키치의 코를 간지럽혔다. 왼쪽으로 푸른 바다가 펼쳐 있었고 그 건너편으로는 봉우리처럼 솟은 구름이 있었다.

바다가 그를 부르고 있었다. 아홉 살 때 나오에쓰 항을 나온 이래로 이십여 년간, 각국의 기선으로 온 세계를 떠돌던 다메키치에게 바다는 고향이자 자애로운 어머니의 품이었다.

닻을 감는 소리가 났다. 암벽에 위치한 한 외국선에 검은 바탕에 흰 사각을 칠한 출범 깃발이 휘날렸다. 그 배가 노르웨이 PN 회사 화물선이라는 깃을 다메키치는 한눈에 알아보았다. 출범에 늦지 않으려는 선원 세 명이 장을 본 꾸러미를 안고 다메키치의 앞을 급하게 지나갔다. 짙은 파이프 담배 향기가 그의 후각을 찔렀다. 그러자 먼 외국의 항만 거리가 다메키치 눈앞에 떠올랐다가 사라졌다. 그는 결심했다.

"구두에 쓸려서 발이 아파……."

다메키치는 잠깐 주저앉는 듯하더니 힘껏 형사의 다리를 걸어찼다.

정신이 없었다. 고래고래 지르는 소리가 뒤에서 들리는 것 같았다. 지나가는 사람을 두 명 정도 집어 던진 것 같았다. 그리고 밧줄 사다리에 발을 걸려고 하는 외국인 선원이 있는 쪽으로 정신없이 달려갔다.

"태워 줘!"

그는 외쳤다. 선원들은 멍하니 길을 열었다.

"태우고 가 줘, 나쁜 놈에게 쫓기고 있어. 어디든 가고, 뭐든 할게! 노르웨이 배라면 두세 번 탄 적이 있어."

승선 동료들에게만 통하는 영어를 다메키치가 유창하게 할 수 있었던 것이 이번에는 무엇보다 다행이었다.

"부랑자인가, 자네는?"

선측 위쪽에서 일등 항해사가 물었다.

"노, 이등 갑판원입니다."

다메키치는 대답했다.

그는 잠시 생각한 후에 말했다.

"좋아, 태우고 가지."

다메키치는 원숭이처럼 높은 측면을 기어 올라가 갤러리라고 부르는 조리실 앞의 창고 입구인 해치웨이에서 사이드 벙커로 도망쳤다.

"살인범이다! 모르겠나? 이 외국 놈아, 저 녀석은 살인을 했다구!"

뒤늦게 쫓아온 형사는 숨을 헐떡이며 소리쳤다.

"모르겠나, 살, 인, 자다! 빨리 그 남자를 돌려보내. 녀석을 내놔!"

선원들은 배 가장자리에 모여 웃기 시작했다.

"자, 자, 자, 자, 자!" 한 명이 그를 흉내 냈다.

사다리가 말려 올라갔다.

"올 어브로느?(선원 탑승했나?)" 마스터가 브릿지에서 소리를 질렀다. "올즈 인"이라고 수부장이 대답했다.

땡, 땡, 기관실로 향하는 신호가 울렸다. 선미에 거품을 내며 스크류가 돌기 시작했다.

따릉, "각자 부서로!" 선원들은 종횡으로 달리며 로프를 던지고 피트를 빼는 등 분주하게 움직였다. 이등 항해사가 선미에 섰다.

"올 라잇." 쇳줄을 감는 기중기의 소리와 함께 노르웨이선 빅토르 카레리나호는 암벽을 떠났다.

"사요나라!" 선원 한 명이 부두에서 발을 구르는 형사에게 말했다. 갑판 위의 웃음소리는 마침 푸른 하늘을 찌르듯 울린 출항 휘슬 소리에 가려졌다.

2

캡틴 앞에서 일등 항해사가 만든 엉터리 계약서에 서명할 때, 다메키치는 아무렇지도 않게 신타로 사카모토라고 써 버렸다.

살롱이라고 부르는 사관 식당의 청소와 크루들의 식사 담당 등이 사카모토, 즉 다메키치의 담당 업무로 결정되었다. 철판에 타르를 바르고 보트 덱에서 커버를 수리하고 갑판의 짐에 철사를 거는 것도 도와야 했다.

고베 거리가 신기루처럼 흐릿해지자 다메키치는 처음으로 해방된 것처럼 익숙한 일이 손에 잡혔다. 현 측에 속삭이는 바다의 소리를 들으면서 아름다운 둥근 태양 아래 오랜만에 볼트 머리에 스패너를 맞추는 것이 더할 나위 없이 기뻤다. 자신에게 강력한 혐의를 두고 있는 일본 경찰의 영역에서 탈출했다는 안도감보다도, 자신이 속한 장소에서 자기를 발견했다는 환희가 훨씬 더 컸다.

그는 오랜 방랑 생활을 통해 이렇게 스스로에게 무책임해지는 것도 나쁘지 않다는 것을 배웠다.

선원들도 그를 사아키라고 친근하게 부르며 중요한 일꾼으로 존중하듯 대했다.

오후부터 기상 상태가 변해서 다메키치는 선원들과 같이 메인 해치용 일곱 개 봉에 쐐기를 박으며 돌아다녔다. 한 번에 깔끔하게 박는 것은 다메키치뿐이었다. 감탄하면서 모두 이런저런 그의 경험에 대해 물었다. 깔끔친 런던식 엉어로 대답하면서 그는 자랑스러워했다. 아무도 그가 도망쳐 온 이유를 묻지 않았다. 국적 불명의 그들에게 그런 것은 전혀 문제가 되지 않았다. 단한 번 선장에게 불려갔을 때, 가정 사정으로 숙부 집에서 도망쳐 나왔다고 대답했다. 빅토르 카레리나호 탑승 2등 선원 신 사아키, 이런 지위와 이름을 머릿속에 반복하며 다메키치는 웃음을 참을 수 없었다.

통로에 면한 우현의 한 방을 요리사와 사관 보이와 다메키치가 쓰게 되었다. 크루가 일하는 동안 선미에 있는 식당으로 그들의 식사를 날다 주는 것뿐, 뒷정리는 견습 선원이 해야 해서 다메키치가 그들과 얼굴을 마주치는 일은 낮 동안 갑판에서 작업할 때뿐이었다. 따라서 기관부 사람들과 만나는 일은 거의 없었다. 석탄과 재와 기름투성이가 되어 배 아래에서 움직이는 그들을 경멸하는 풍조는 어떤 배의 갑판 부원들에게나 지배적이었다. 기관부의 바퀴벌레 따위는 뱃사람처럼 멋지지 않다고 다메키치도 어려서부터 생각했다. 그래서 각별히 주의하지 않았지만, 같은 방의 보이에게 물어 덱의 크루가 열일곱 명, 기관부가 스물한 명이라는 것을 알았다. 배는 앞으로 일직선상으로 남하해서 목요도에서 해조분을 싣고 하와이를 돌아 북미 서해안 그레이스 하버에서 각목재를 반입해서, 해빙을 기다려 알래스카 유콘강을 올라가 크론다이크까지 간다는 사실을 캐내는 것도 잊지 않았다. 그것까지가 이번 원양 항로의 제1기이며 그러고 나서는 챠터선의 사정이라 어디로 갈지 알 수 없다고 했다. 전보한 통으로 전 세계 어디로든지 가는 부정기 화물선의 하나였다.

거칠지만 감상적인 선원들은 누구나 출항과 입항 때면 다소 감개무량해진다. 묘하게도 이번에 다메키치에게는 안도와 기쁨 밖에 없었다. 그 안도감이 크면 클수록 그는 무의식중에 무서운 자기암시에 걸렸다.

상자 같은 침대 속에서 모포를 덮고 눈을 감을 때, 자신에게 걸려 있는 혐의를 생각하고 모리 다메키치는 처음으로 섬찟했다. 바지춤에 숨긴 사카모토의 나이프를 쥐어 보았다. 차가운 감촉이 그의 신경을 위협했다. 그는 어떻게도 할 수 없었다. 언제부터인지 모르게 자기 스스로 자신의 범행을 확신하는 변태적인 심리에 빠져들었다. 이런 약한 순간에 근거 없는 꿈같은 고백을 하고, 많은 무고한 사람이 법치의 이름을 쓰고 간단하게 그런 사무적인 매장을 통해 사라졌을 것이다.

그런데 이번의 경우에 다메키치는 자신의 무죄―좋다, 그가 무죄였다고 해도―를 주장할 의지도 기개도 없었다. 그래도 그는 다시 사건의 내용을 숙고해 보려고 노력했다. 하지만 아무 소용이 없었다. 생각하면 생각할수록, 과연 사카모토를 죽인 건지 죽이지 않은 건지 매우 모호해졌다.

요컨대 그런 것은 아무래도 상관없었다. 지금은 이미 일본 땅을 멀리 떠났다. 그리고 사카모토 신타로는 죽은 것이다. 그 범인으로 일본 경찰에게 체포된 모리 다메키치도 이미 존재하지 않는 것이다. 새로 태어난 사카모토 신타로의 이름을 내건 자신은 당분간 이 노르웨이선을 내리지 않을 생각이었다. 그리고 두세 척의 배를 더 갈아타는 사이에 국적도 모르게 될 것이 틀림없다. 막내에다 독신 보헤미안인 그는 일본이라는 해도상의 한 섬 나라에 어떤 집착도 느끼지 못했다. 11노트(knot)* 1/4의 스팀으로 배는 도사 앞바다에 도달한 것 같았다.

18도 정도의 파도로 유리창에는 밤에도 물거품이 하얗게 부딪히는 것이 보였다. 낮은 기관 회전음이 자장가처럼 그의 귀를 스쳐갔다. 다메키치, 즉 사카모토 신타로는 잠시 후 쿨쿨 코를 골기 시작했다. 몇 시간이나 잤는지 모르겠다.

다메키치가 눈을 떴을 때는 폭풍도 잦아들고 날도 밝아오기 시작해 배는 항구에서 닻을 내리고 있었다. 가라쓰항 부근에 태풍을 피하러 온 거라고 생각하면서 창문을 내다보던 그의 코앞에 아침 안개를 뚫고 솟아 있는 것은 가와사키 조선소의 굴뚝이었다.

"코베다! 태풍 때문에 회항했구나!"

하지만 육천 톤이나 되는 배가 바로미터의 바늘이 거꾸로 돌더라도 출항지로 귀항하는 일이 없다는 것쯤은 바다에서 자란 그가 누구보다도 먼저 알고 있을 터였다.

일등 항해사(치프 메이트)와 수부장이 들어왔다.

"사아키, 자네가 살인범이라면서?"

수부장이 소리쳤다.

"큰소리 내지 말게."

다메키치는 대답했다. 손으로 숨겨 놓은 나이프를 더듬으면서

* 배의 속도를 나타내는 단위. 1노트는 한 시간에 1해리, 곧 1,852미터를 달리는 속도이다.

덜덜 떨고 있었다. 바다에 대한 집착이 그를 겁쟁이로 만들었다.

"하하하." 치프 메이트가 웃기 시작했다.

"수상경찰과 에이전트가 무선을 쳐서 배가 다시 돌아왔어. 경찰에 호송되던 도중이었다고 하던데, 하하하."

뭐가 뭔지 모르게 된 다메키치의 머리에는 손가락의 상처와 나이프가 소용돌이를 치면서 교수대를 휘감고 있었다. 그리고 한편에는 막 열리려고 하는 자유로운 바다의 생활이 있었다.

"지금 수상경찰 보트가 부두를 떠났으니 곧 수색하러 오겠지."

새파랗게 질린 다메키치는 침대 위에 엎드렸다. 치프와 수부장이 뭔가 작은 목소리로 얘기를 나눴다.

"뭐 해?" 수부장의 목소리가 들렸다.

"숨게 해?" 치프가 말했다.

스프링처럼 일어난 다메키치는 그 가슴에 매달렸다. 목소리도 나오지 않았다.

"좋아, 도망칠 수 있는 만큼 도망쳐 보게. 어떻게 되겠지."

치프는 다시 크게 웃었다.

"기관부 녀석들에게 맡길까요?" 수부장이 물었다.

"그래, 보스턴을 불러, 보스턴을."

수부장은 공처럼 튀어나가서 바로 앞의 기관실 실린더 위에서 소리쳤다.

"보스턴! 미드나잇 보스턴!"

곧 7척 장신의 흑인이 웨이스를 든 채로 조용히 들어왔다.

"이 녀석을 숨겨, 빨리 데려가!"

치프는 턱으로 다메키치를 가리켰다. 보스턴은 힐끔 그를 보고 조용히 앞장섰다. 다메키치는 한 발자국 바깥으로 나가려고 했다.

"치프, 경찰이 왔습니다." 보이가 뛰어 들어왔다. 우현 갑판에서 많은 사람의 일본어 소리가 들려왔다. 보스턴의 팔 아래를 지나 뛰어간 다메키치는 기관실 철 계단에서 굴러떨어졌다. 이 소동 때문에 기관실에도 보일러 앞에도 아무도 없었다. 필터로 도망쳐 들어가려던 그는 기름에 미끄러져 그대로 와이어 증발기 쪽 그늘로 자빠섰다.

"그쪽은 안 돼, 금방 들켜." 흑인이 외쳤다.

"정박용 보일러 위에서 물을 채우는 공간에 숨어 들어간다. 빨리!"

낮은 터널에서 재가 1인치나 쌓인 정박용 보일러로 기어 올라가 양다리가 한 번에 들어가지 않을 정도의 구멍에서 다메키치는 수도관이 조립되어 있는 보일러 바깥쪽으로 몸을 웅크렸다. 화기가 없는 보일러 바깥은 얼음 창고처럼 차가웠다. 터널 문을 닫고 나가는 보스턴의 발소리가 들려온 후에는 고형화한 것 같은 공기가 사방에서 그를 감싸고 수면 아래의 불온한 정적에 귀를 귀 기울이던 다메키치는 불편한 자세에서 오는 고통조차 느끼지 않았다. 하지만 생각지도 못했다. 뭘 위해서 이런 일을 하는지, 그 자신도 알지 못했다.

콕, 콕, 콕, 끼이-익.

어디선가 철판을 긁는 듯한 소리기 들려왔다. 어, 하고 다메키치는 생각했다.

콕, 콕, 콕, 끼이-익.

소리는 보일러 속에서 들리는 것 같기도 하고, 보일러 앞 통풍기에서 새어 나오는 것처럼 들렸다.

콕, 콕, 콕, 끼이-익.

헉, 하고 생각이 났다. 선원들이 손톱으로 테이블 등을 두드려서 신호하는 무선통신, 만국 ABC 코드였다. 그리고 분명히 정박용 보일러 속에서 들려오는 것이 아닌가!

"보시다시피 아무도 없습니다, 하하하."

우르르 발소리가 나는 듯하더니 일등 항해사의 목소리가 들리고 이어서 두세 마디 대화가 들려왔다. 일동이 나간 후에 다메키치는 죽은 듯 조용히 밸브에 볼을 댔다.

콕, 콕, 끼이-익.

전보다 한 층 더 명료하게 울렸다. 무의식적으로 그의 머리는 그 코드를 읽어냈다. SOS! 난파선이 구조를 요청하는 신호가 아닌가!

다메키치는 흠칫했다. 숨겨둔 나이프를 꺼내서 밸브를 두드렸다.

"무슨 일인가?"

콕, 끼이-익, 콕, 콕, 콕, 끼이-익.

'상하이'라는 답신이 왔다.

상하이? 무슨 일인가? 그는 다시 밸브를 긁었다.

"상하이 당했디"

상하이 당했다! 길가는 사람을 폭력적으로 배로 끌고 와 출범 후 육상과의 교통이 완전히 끊어지기를 기다렸다가 가혹한 노역 등으로 혹사시키는 것을 '상하이한다'고 말한다. 이것은 전 세계 부정기선의 공공연한 비밀이었다. 죄악의 폭로를 막기 위해 상하이한 사람을 다시 육지를 밟게 하는 일은 절대 없었다. 해가 들지 않는 배 아래의 생활, 밤낮을 가리지 않는 석탄고의 노동, 부실한 음식 등등의 학대로 반년 이상 목숨을 부지하는 자도 드물었다.

광기처럼 보일러에서 내려와 소리가 들린 문어 앞에 섰다, 외부에서는 핸들 하나로 손쉽게 열 수 있었다.

분뇨와 인체의 악취가 코를 찔렀다. 캄캄한 안쪽의 거적과 빵 부스러기 사이에서 "앗, 다메 군 아닌가?"라는 목소리가 들렸다.

"눈을 가려! 빛을 보면 안 돼!"

재빨리 다메키치가 외쳤다. 단단히 눈을 가리고 거의 병자처럼 기어 나온 것은 살해되었다는 사카모토 신타로였다.

"자네, 살아 있었나?"

"응, 이가 아프고 피가 나와서 어쩔 수 없이 의사를 깨우러 나갔다가 붙잡혀서 상하이 당했네. 정박한 거 아닌가? 어딘가 이 항구는? 대련인가, 블라디보스토크인가, 어디지?"

"고베네."

"뭐라고 고베? 4, 5일은 엔진이 돌아갔다고 생각했는데"

"그게 말이야, 내가 자네를 죽였다고 난리쳐서 이 배에 무작정 뛰어들었어. 그런데 육지에서 무전이 와서 다시 배를 불러들였네. 아야, 그 배를 깎을 때 자네한테 빌린 이 나이프가 문제야, 게다가 그것 때문에 손가락을 베었잖아."

그 나이프를 거꾸로 쥐고 다메키치는 안쪽 석탄 창고 앞의 철 사다리에 걸터앉아 백치처럼 허허 웃었다. 그는 분명히 바다가 부르는 소리를 들었다. 자신의 무죄를 입증할 수 있다는 기쁨보다 아직 죽지 않은 사카모토를 돕기 위해서 겨우 올라탄 이 배— 그것도 요즘처럼 좀처럼 기회가 없는 때, 다시는 얻을 수 없는 좋은 지위를 버리고 배에서 내려야 하는 것이 너무나도 불만이었다. 그로서는 원망스러운 것이라면 그것뿐이었다. 이 녀석을 구해 줘야 할 의무가 나한테 왜 있겠는가? 이 남자는 나한테 살해당한 걸로 되어 있지 않은가라는 생각도 들었다. 아니, 형사도 말했던 것처럼 분명히 내가 죽인 것이다. 그런데 이제 나타나서 휘청거리며 여기에 서 있다. 그런 생각에 다메키치는 화가 났다.

'이렇게 된 이상 예정대로 이 녀석이 죽는다면, 그렇다면? 그러면 이 배로 이대로 저 멀리 그리운 해외로 갈 수 있지 않은가. 아니, 잠깐만, 지금이라도 결코 늦지 않았다. 뭐 별것 아니다, 이 녀석은 저렇게 쇠약해져서 이미 죽은 거나 마찬가지다. 아니, 사실 죽은 것이다. 그 증거로는 바로 내가 하수인이 되어 있지 않은가. 게다가 법이 닿지 않는 화물선의 보일러실이 아닌가. 그렇다, 지금이 절호의 기회다. 그런데 도대체 무슨 기회란 말인가? 아니, 어차피 이건 모리 다메키치의 운명이다. 그래서 이렇게 탈 수 있었던 배란 말이다. 해외, 외국, 그래 이 저주받은 나이프로, 그래, 배운 대로, 형사에게 암시받은 대로……'

다메키치는 일어섰다.

"도망치기 전에 나는 물, 물을 마시고 싶어. 물……"

사카모토는 신음하듯 말했다.

3

경찰의 추측대로였다. 사카모토 신타로는 죽었다, 그리고 그
와 동시에 모리 다메키치라는 남자도 지구 표면에서 사라졌다.

잠시 후 다시 고베를 떠난 노르웨이선 빅토르 카레리나 호가
대양으로 나가자마자, 범포에 싸인 채 불쏘시개 봉을 무겁게 하
기 위해 매단 커다란 물체가 배의 사이드에서 솟구치는 거친 파
도 속으로 던져졌다.

그 갑판에서 휘파람을 불고 미소 지으면서 사카모토 신타로
는 일본 땅에 영원한 이별을 고했다.

예부터 내려오는 세계 뱃사람들 사이의 불문율에 따라 '상하
이 당한 남자' 사카모토 신타로와 함께 자신을 '상하이'한 사카
모토 신타로는 다시는 흙을 밟지 못하였다.

『신청년』 1925년 4월호 발표

춤추는 말

마키 이쓰마

1

우에미네는 정원사 미네키치라기보다는, 소방단의 부반장으로 알려진, 거무스름하고 뚱뚱한 오십 살 남자였다. 비가 오면 고마워했다. 코 옆 사마귀에 한 줄 긴 털이 나 있는데 그는 그 털을 욕탕물에 띄우고 출입하는 사람들과 같이 크게 하하 웃었다. 그런 봄이면 웃음소리는 창을 넘어 낮게 흐린 하늘로 빨려 들어가고, 가을이면 옆 마당에 늦게 핀 코스모스에 휘감긴다.

"입욕 중이지만 말이야, 이 코스모스라는 꽃은……"

미네키치는 항상 사람을 붙잡고 말을 늘어놓는다. 코스모스, 얼마나 쓸쓸하고 조용하면서 병적인 존재일까. 이 녀석을 땅에 쓰러뜨려 두 줄기에서 하얀 뿌리가 자라나. 마치 도회지 연인의 신경 같다고나 할까. 만약에 미네키치에게 표현력이 있다면 이렇게 말했을지도 모른다. 그리고 욕탕에 떠 있는 한 올의 털을 흔들흔들 움직여서 창문에서 비치는 푸른 하늘의 색깔을 부순다. 어쨌든 하이쿠의 정취를 즐기는 것을 자랑으로 삼는 사람이었다. 그래서 그는 미네키치 이외의 아무것도 아니었고 또 잠들어 있는 듯한 마을의 소방단 부반장 이외에는 아무것도 아닐 수 있었다.

그런데 이 우에미네가 오야에의 가불을 지급하고 오야에를 긴 화로 안쪽에 앉히고 나서 삼 년 정도 지났다. 긴 화로는 우에키치가 엄마라고 부르던, 죽은 아내의 손때가 묻어 검게 빛났다. 오야에는 처음부터 화로를 아주 싫어했다. 왜 싫은가 하면, 미네키치가 화로를 볼 때마다 전처를 떠올릴 것을 두려워했기 때문이다. 그만큼 오야에는 미네키치에게 반해(사랑이라는 상대적인 것보다 반한다는 일방적인 감정을 중요시하는 사람들이었다) 있었든가, 혹은 그렇게 반했다고 보이려고 한 속셈을 품었든가 둘 중에 하나였을 것이다. 이렇게 말하면 오야에가 상당히 근대적인 거짓말쟁이이고, 젊은 신사와 연애라도 할 것처럼 들리겠지만 말하자면 이런 기교는 오야에가 무의식중에 습득한 온갖 수단 중 하나였다. 간단히 말하자면 오야에는 꽃병의 꽃처럼 시들어 빠지고 먼지가 뽀얗게 쌓인 숙박 업소 같은 옆 마을에서 오랫동안 작부 일을 했다.

이런 오야에에게 긴 화로는 그렇다 치더라도 벌써 삼 년이나 뇌었는데 미네키치가 낙담히도록 아이가 없었다. 원래 아이는 전처와의 사이에서도 없었기 때문에 미네키치는 반 이상 포기한 상태였다. 하지만 그래도 축제일에 축제용 옷을 입고 무등을 탄 까까머리 아이를 보면 우리 집안도 나로 끝나는구나 하는 생각을 하곤 했다. 오야에가 들어오기 전부터 아이가 없어서 양자라고도, 더부살이라고도 할 수 없는 모스케가 우에미네 집에서 빈둥거리고 있었다. 모스케는 지금은 열여덟, 아홉 정도가 되는데 목욕탕 접수를 보는 오토메를 좋아해서 하루에 두 번이나 목욕탕을 찾았고 반짝반짝 하는 얼굴에는 여드름이 가득 나 있었다.

모스케는 한창 나이의 혈기넘치는 청년이었다. 그는 미네키치의 덕으로 소방단 쪽에서도 사다리를 맡고 있었다. 십장, 기관, 다카, 마키구루마, 나팔 등 소방 관계의 남자들이 항상 우에미네에 출입했다. 그들이 모두 멋있는 척 해봤자 촌놈들뿐이라 정말 말이 안 통한다고 오야에는 여주인이라도 된 양 생각했다.

그러다가 오야에에게 아이가 생겼다. 아직 아이가 태어나지 않았지만 자랑할 만큼 몸매가 날씬한 오야에였기에 사람들은 일찍 그녀가 임신한 사실을 알아챘다.

"이봐, 모스(모스는 모스케의 약칭이었다), 한심한 녀석이구만, 너지? 사모님을 저렇게 한 게?"

이런 말도 들렸다.

"모스 씨가 사장님 얼굴에 먹칠을 하고 아무래도 큰일을 저지른 것 같다, 하지만 침착한 게 이상하다." 이런 여러 얘기가 십장이나 기관, 다카, 마키구루마, 나팔 등의 사이에 퍼지더니 오야에 귀에도, 나중에는 미네키치 귀에도 들어갔다. 오야에는 큭큭 웃었고, 모스케는 멋있는 남자인 척 씩 웃었고, 마지막에 미네키치는 섬에 난 털을 잡아당기면서 옛말을 떠올렸다. 아내의 불륜에 대한 처벌을 의미하는 옛말, '겹쳐서 네 조각을 낸다'는 말에 그는 정월의 찹쌀떡을 생각했다. 세 사람은 모두 아무 말도 하지 않았지만, 서로 알고 있었다. '모스의 아이라니, 그런 바보 같은 일이 있을 리가 있나' 하고.

그런데 이 말도 안 되는 소문이 부추기기라도 한 것처럼 오야에는 쓸데없는 놀이를 생각해 냈다. 실제로 그것은 놀이라고밖에는 할 수 없는 계획이었는데, 아니 계획이라고까지 할 수 있을 만큼 확실한 형태를 취하기 전에 이미 오야에가 그 놀이를 시작했다. 자신이 미네키치의 눈을 속이고 모스게와 친밀하게 지낸다는 것을 열심히 보여주기 시작하였다. 원래는 이렇게 해서 '우리 집 양반(오야에는 스무 살이나 차이가 나는 미네키치를 우리 집 양반이라고 불렀다)'의 관심을 끌기 위한 단순한 놀이에 불과했다. 그런데 미네키치가 관심을 보이지 않았는지, 더 진지한 마음을 품고 있었는지, 혹은 진짜로 오야에가 모스케라는 소년과 모종의 사이였는지, 그래서 결국 금지된 만남을 당당히 실행에 옮기게 된 건지, 신이 아닌 미네키치로서는 전혀 알 수 없었다. 노년에 가까운 미네키치로서는 오야에 배 속의 아이에 대한 간지러운 기쁨에 섞여서 모스케의 얼굴을 볼 때마다 생각나는 시커먼 동물적인 친밀감―이 어린 놈이 오야에를 나와 공유하고 있을지도 모른다는―에서 오는 일종의 이상한 관심을 맛보아야만 했다. 미네키치가 늙은 탓에 이런 고민에 빠졌는지도 모르지만, 다른 한편으로 생각해 보면, 늙은 덕분에, 또 마을 소방단 부반장이라는 중책을 맡아서 이런 상황도 꾹 참을 수 있게 된 셈이었다. 이게 우에미네의 미네키치에게 더할 나위 없이 비장한 영웅적인 감격이었다는 점에서도 알 수 있다. '아니 땐 굴뚝에 연기는 나지 않는다.' '마을에서 모르는 것은 남편뿐'이라는 말도 있지만, '아니, 나는 알고 있다. 알고서도 눈을 감아주고 있다. 뭐 기다려 봐라.'라고 하며 욕탕의 물에 점에 난 털을 띄우고 몇 번이나 자신에 타일렀던가. 생각해 보면 그는 괴로운 마음으로 웃었던 것이다.

그런 사정을 모르는 모스케는 신나게 흥얼대며 돌아다니고 있었다. 때때로 삼십 리 정도의 밤 산길을 걸어서 유곽이 있는 마을에 가거나 그 마을에서 돌아오는 도중에도 모스케는 계속 목욕탕 접수대에 앉아 있는 오토메를 생각했다. 모스케는 사모님과 뭔가 있었더라도 아마 아무렇지도 않게 이랬을 것이고, 지금처럼 아무 일도 없어도 마찬가지였다. 단지 변화라면 여드름이 심해져서 얼굴이 검어지고 구멍이 나는 정도의 일뿐이었다.

2

사건이 있었던 것은 이 날이었다.

모스케가 목욕탕에서 돌아왔을 때, 거실은 캄캄했다. 언제나 그랬듯이 마루에서 올라와서 젖은 수건을 못에 걸고 거실에 들어가서 전등을 켰다. 생각지도 못하게 긴 화로 건너편에 오아에가 옆으로 늘어진 채 어둠 속에서 혼자 술을 마시고 있었다.

"앗! 깜짝이야. 뭐야, 사모님이었네. 어떻게 된 거예요? 불도 안 켜고."

"누구야? 모스 군이구나. 깜깜해서 미안해요."

"어, 또 술이네."

"또라니, 무슨 소리야. 쓸데없이. 몇 년 몇 월 며칠에 내가 그 렇게 술을 마셨다고? 자, 앉아요, 모스 군."

"예, 그러면. 사장님은요?"

"거기 있잖아."

"거기? 어디요?"

"거기 말이야. 하하하. 둘러보기는. 순진하네, 자네는."

"사장님은 그래서 어디 계세요?"

"거기 있다니까. 자네가 내 사장님이지."

"무슨 소리예요. 흐흐, 사모님은 짓궂어요. 내가 감당할 수가 없네."

"누가 이렇게 만들었을까? 앉아요. 한 잔 마셔. 응? 앉으라니 까."

"안 되는데……."

"괜찮아. 답답하네. 어리면 어린 사람답게 그냥 받아서 마시면 되잖아."

"사모님한테는 이런이죠"

"어린이지. 어디 갔다 왔어?"

"네? 아, 목욕 좀 하러 다녀왔어요. 사장님은요?"

"목욕탕의 오토메 때문이구나, 모스 군. 바람피우면 안 돼. 단

무지 줄까?"

"네, 시원한 술에는 단무지가 최고죠."

"건방진 소리 하네. 하지만 오토메한테는 사장님이 마음을 두고 있지? 옆에서 건드리면 큰일 나요."

"아니에요. 사장님은 사모님한테 반해 계신데요. 와우!"

"뭐가 와우야? 그런데 자네 진짜 그렇게 생각해?"

"그렇게 생각하냐니, 뭘요?"

"지금 말한 거 말이야. 우리 집 양반이 나를."

"응, 그거야 그렇죠! 오야에가, 오야에가 하면서 맨날 어딜 가도 말씀하시는데요. 잘 마셨습니다, 이거 무슨 술이에요? 속에 찌릿하게 오는 데요."

"정말 그럴까……"

"응 이상하게 배 속이 찌릿찌릿 하네"

"그 얘기가 아니고"

"네?"

"나 뭔가 사장님한테 모자란 것 같지."

"사모님, 전 한 바퀴 걷고 올게요."

"기다려, 기다리라니까 모스 군. 자네 요즘 이상한 소문 들었지? 자네랑 나에 대한 거. 배 속의 아이가 어쩌구 저쩌구 하는 거 말이야. 한심하게……너 같은 어린애의 자식이라니 정말 생각하기도 싫네. 사장님이야. 알겠지? 잘 기억해 둬. 누가 뭐라고 해도 사장님이니까."

오야에는 좀 연극을 하면서 이 부분에서 털썩 울며 쓰러졌다.

"알아요, 울지 마세요, 사모님. 사장님이 돌아오시면 제가 곤란하니까요. 울보시네."

"울보라니, 네 자식 따위는 싫다고! 싫어, 싫어, 싫어!"

"그러니까 이러시면 곤란하다구요."

"어떻게 할 거야, 모스. 자, 어떻게 할 거냐구!"

"아니, 사모님. 지금 사장님이라고 자기가 말했으면서 그랬으면서 무슨 소리예요? 나는 모르는 일이에요."

"몰라? 모른다구? 정말 몰라? 아아, 무정한 자식, 진짜 몰라?"

"큰일이네, 큰일이야."

"그러면 왜 큰일 날 짓을 했어?"

"뭘요? 뭐라구요? 왜 큰일 날 짓을 했냐구요? 도대체 그런 말도 안 되는 소리는 어떻게 나오는 거예요? 이런…… "

"그만둬, 모스 군. 그렇게 마시면 안 돼"

"뭐 어때요. 난 오늘 밤 실컷 마실 거야."

"뭐야, 그런 얼굴로 날 노려보다니. 어쩌라는 거야? 나를 죽일 셈이야?"

"흥, 쳇!"

"난 죽어도 괜찮지만 배 속의 아이는 네 자식이 아니니까, 사장님 자식이니까 말이야."

"알고 있다구요. 네네, 알아요."

"모스 군, 이쪽으로 더 와."

"빨개요? 내 얼굴?"

"잘생겼네, 좀 더 이쪽으로 오라니까"

"싫어요……이렇게요?"

"모스 군, 자네 이상한 어린애야."

"몰라요, 전 그런 거."

"괜찮아."

"사장님은?"

"몰라요, 전 그런 거라구? 하하하."

"맘대로 말하세요!"

모스케는 부끄러워하며 말했다. 그때 조경 업체다운 세련된 사립문을 열고 집 안으로 걸어 들어오는 나막신 소리가 들렸다. 발을 끄는 듯한, 특유의 걸음걸이가 미네키치가 돌아온 것을 알리고 있었다.

"아! 사장님이야"

오야에는 벌떡 일어났다.

"사모님, 뭐하시는 거예요?"라고 모스케가 허둥대는 사이에 오야에는 쓱 손을 올려서 전등을 꺼 버렸다.

어두운 툇마루 앞까지 온 발소리가 물었다. 미네키치의 쉰 목소리였다.

"어, 어둡네. 거기 아무도 없나?"

"네." 장지문 속에서 오야에가 대답했다.

"잘 다녀오셨어요?"

"오, 오야에구나. 모스는?"

"저기…….."

"응."

"전기를요."

"응."

"고쳐 주고 있어요."

"전기가 나갔어?"

"네, 고장이에요. 그래서 모스 군이 고쳐 주고 있었어요. 이제 들어올 거예요."

"그렇군……모스!"

"네, 이제 들어옵니다. 금방."

어쩔 수 없이 성냥을 쌱쌱 쌱쌱 서던 후에 노스케는 내를 봐서 스위치를 돌렸다. 어둠 속에서 오야에가 어질러진 술과 접시를 치웠다. 이젠 됐다고 생각하고 말했다.

"전기 들어왔습니다, 잘 다녀오셨습니까?"

모스케가 장지문을 열자, 정원에는 소나무 가지에 달빛이 비추고 있을 뿐, 아무도 없었다.

3

그날 밤, 그런 일이 있고 얼마 지나지 않아서였다. 아가씨가 있는 목욕탕에 화재가 나고 불이 주변의 두세 채에 옮겨 붙어 아침까지 계속 타올랐다.

"네, 전기 들어왔습니다, 잘 다녀오셨습니까?"

아까 이렇게 말하고 장지문을 열어보아도 좀 전까지 목소리가 들리던 사장은 아무 데도 없어서 모스케도 오야에도 조금 무서운 기분이 들었다. 그래서 장지문을 열어 놓고 두 사람 모두 마루에 나와서 그냥 얘기를 하고 있었다.

그러다가 한밤중이 되었을 무렵, 다시 미네키치가 돌아왔는데, 금방 잔다고 해서 각자 잠자리에 들 준비를 했다. 화재를 알리는 종소리가 울려서 목욕탕에서 우에미네 집 쪽에 걸친 하늘이 빨갛게 된 것은 바로 이때였다. 미네키치는 부반장, 모스케는 사다리 담당이므로, 장비를 갖추고 누구보다 먼저 본부로 달려갔다. 그리고 기세를 모아 화재가 난 목욕탕으로 출동했는데 그날 밤에는 건조한 북서풍이 불어서 진압에 어려움을 겪었다. 화재는 상당히 커졌고 새벽까지 계속되었다.

그런데 소동은 이것만이 아니었다. 그 이유는 목욕탕 화재 현장에서 시체 두 구가 발견되었기 때문이다. 한 구는 목욕탕집 딸 오토메였고 다른 한 구는 모스케였다. 그래서 모스케를 순직 소방부로 사후 표창을 하였다.

괴상한 화재였다. 화기가 있을 리 없는 창고에서 발화해서 방화로 추정한 경찰들이 조사하러 다녔다. 오토메가 죽은 것은 빨리 도망치지 못했기 때문이었다. 불쌍하지만 어쩔 수 없는 일이었다. 그런데 모스케는 사실 소문대로 오토메를 구하러 들어가서 죽었다면 연인이었든 뭐였든지 간에 소방부로서 화재 현장에서 죽은 이상은 그냥 둘 수는 없었다. 잘 매장해야 하고 표창해야 하므로 시골에서 모스케의 숙부와 숙모를 불러서 화재 후삼 일째 되는 오늘, 모스케의 장례식을 하게 되었다.

오후 세 시에 마을 유지를 비롯해서 소방부 일동이 동사무소 앞에 모였다. 그들은 행렬을 지어서 지교사라는 절로 줄지어 들어가기로 했다.

서두르지 않으면 늦을지도 몰랐다. 우에미네에서는 부반장인 미네키치가 오야에를 재촉해서 정장 차림인 하오리하카마를 입었다. 줄무늬 옷감에 직경 6센티미터 정도 되는 문장이 들어간 옷을 입고, 밑에는 새 메리야스가 보였다. 이렇게 보면 우리 집 양반도 멋있는 남자로 보인다고 생각하면서 오야에는 뒤에서 옷 입는 것을 돕고 있었다. 그러면서 동생처럼 생각했던 모스 군의 장례식인데, 안 울 수 있을까 그녀는 울어서 눈이 빨갛게 된 채 생각했다. '왜 자신은 모스케의 자식을 낳게 되었을까, 하지만 이 할아버지가 모스케처럼 힘차게 나를 사랑해 주었다면……' 하고 생각했다. 그렇다, 분명 앞으로는 더 주시할 것이다. 그러면 이 아이는 남편의 아이, 그래, 남편의 아이임이 틀림없다. 미네키치는 화재 이후로 아무 말도 없었다.

"저기, 여보." 오야에가 말했다.

"모스 군이 죽었을 때 어땠어요?"

이건 몇 번이나 오야에가 물어본 질문이었다.

"뭐 어땠냐고 해 봐야……."

미네키치는 처음 입을 열었다.

"보고 있던 것도 아니니까."

"거짓말, 거짓말, 거짓말이야!"

"……?"

"이것 봐, 당신 아무 말도 못 하잖아."

"그러니까 말이야 내가 보고 있던 게 아니라."

"목욕탕 오토메가 죽어서 안 됐네요."

"무슨 소리야?"

"하지만 오토메랑 모스 군은 서로 반해 있던 사이니까요."

"그러니까, 동반 자살일 거라고 다들 얘기하잖아. 그만 둬, 재미없어."

"이것 봐, 둘이 동반 자살이라며 금방 화를 내지."

"자네야말로 모스 얘기가 나오면 이상하게 집요하게 굴잖아. 나중에 그 이유를 물어볼 테니 대답이나 생각해 둬."

"이유 같은 게 뭐가 있겠어? 한솥밥을 먹던 사람이 죽었으니까, 그리고 동반 자살도 아닌데 동반 자살이라고 하니까!"

"이봐! 분한 거야? 오야에."

"분하지 않아, 분하지 않지만……당신도 너무하잖아. 죽은 사람이 말 못한다고 해서……"

"그러니까 아무도 동반 자살이라고 확언하지는 않는다고. 동반 자살일지도 모른다고 했지…….."

"그럴지도 모른다는 게 어딨어? 흥, 자기가 죽였으면서."

"이런, 오야에! 무슨 소리를 하는 거야?"

"당신이 죽였죠?"

"누구를 말이야?"

"모스 군을. 불을 낸 것도 당신이지?"

"답이 없는 사람이군."

"이봐 이렇게 벌써 새파란 얼굴을 하잖아! 당신이 죽였잖아. 다른 사람한테 들으니까 모스 군은 그날 밤에 반 표시기를 들고 목욕탕 지붕에 올라갔는데, 사다리 담당이 지붕에 올라갈 리가 없잖아?"

"시끄러워! 표시기 담당인 겐이 손을 다쳐서……"

"거짓말하지 마, 거짓말. 나는 말이야 겐 씨한테 들었다구. 손을 다친 건 화재 중간이고, 처음에 갔을 때 당신이 겐 씨한테 표시기를 빼앗아서 모스 군한테 건네주고서 모스야, 너 오늘 밤엔 이걸 들고 나랑 같이 지붕으로 와라, 라고 했다고."

"그래, 그랬더니 지붕에 불이 옮겨 붙었어. 보니까 아래에는 오토메가 불타고 있었어. 됐나? 비키라는데도 모스 자식이 쳐다 보느라고 움직이질 않아서, 모스, 자, 이리 와, 내려간다, 하고 내가 말하는데 그 물 때문에, 미끄러졌다구!"

"이상해! 거기서 밀었지?"

"누구를?"

"모스 군을 말이야, 미끄러지는 걸."

"무슨 소릴 하는 거야! 구할 수 있으면 구하고 싶다고 아래에 있는 아가씨를 쳐다보고만 있으니까 내가……"

"밀었지, 밀었어. 역시 밀어서 떨어뜨린 거야!"

"바보 같은 소리 말아!"

미네키치의 얼굴은 흙빛이었다. 그는 열심이었다. 바지에 한쪽 다리만 넣은 채, 겉옷 소매를 펼치고 모스케의 미끄러지는 흉내를 내 보였다. 그의 얼굴은 곧 울 것만 같은 이상한 표정이었다.

"이렇게 말이야……됐어? 이렇게 미끄러져서, 다리를 헛디디고…… 이렇게 돌아서 말이야, 응, 이렇게…… 됐어? 이렇게……"

"밀어서 떨어뜨린 거야?"

"그게 아니라니까! 단지 이렇게 오른쪽 발하고 왼쪽 발이 걸려서 말이야……알겠어? 이렇게 굴러서……"

"이제 됐다구. 뭐야, 정말 싫다. 이상한 꼴로……알았다니까"

오야에는 결국 웃으면서 주저앉았다. 맥이 빠진 미네키치가 목덜미의 땀을 닦고 있는데 갑자기 실례합니다, 하는 소리와 함께 장지문이 열리면서 순사가 얼굴을 내밀었다.

"아, 경관님!"

미네키치는 엉덩방아를 찧었다.

"뭡니까, 떠들썩하네요? 아, 이건 서장님이 당신한테 전해 달라구요……뭐, 표창장이에요. 교장선생님이 써 주신 겁니다. 당신이 식에서 읽을 거랍니다. 자, 그러면……."

순사가 가려고 하자, 오야에가 "저기, 경관님" 하고 불러 세웠다. 미네키치는 움찔하며 표창장을 읽어 내려갔다.

"뭡니까?"

"아니, 저 고생 많으셨습니다."

순사가 떠나자, 미네키치가 큰 목소리로 외쳤다.

"소방조 사다리 담당 고 이시카와 모스케 군은 성품이 온순하고……성품이 온순하고라니 이게 뭐야…… 직무에 충, 어어, 직무에 충……충, 충, 그리고……"

충, 충 거리는 것이 우습다며 오야에는 배를 잡고 웃었다. 미네키치는 땀과 눈물로 젖은 얼굴을, 가능한 한 '우습게' 일그러 뜨리고, 점에 난 털을 잡아당기면서 계속 충, 충, 충, 충이라고 말을 더듬었다.

『신청년』1927년 10월호 발표

감옥방

하시 몬도

1

같이 일하는 야마다라는 남자가 속삭였다.

"이봐, 글쎄 조금 있으면 정부 관리 중에 높은 사람이 순시하러 온다는데."

"어, 그게 정말이야? 언제래?"

"글쎄, 그건 잘 모르겠는데 이번에는 이전과는 다르게 시시한 도청 직원이 아니라고 하니 뭔가 담판을 지어 주겠지. 매번 속아 왔지만 이번에는 그렇게는 안 될 거야. 하지만 이번에도 안 된다면 이 세상은 끝장일세."

"그래, 뭐 관리 따위한테 굽실거리지 않는 악당들이라서 요전 같은 시시한 관리는 속이기도 하고 협박도 하고 대접도 하다가 쫓아냈지만, 이번에 도쿄에서 대단한 사람이 오면 그런 걸로는 안 될 거야. 뭐 하루라도 빨리 이 지옥 같은 고통을 어떻게든 해 줬으면 좋겠어. 목숨이 여러 개도 아닌데 말이야."

"뭐 제대로 맛보고 압제……"

갑자기 가까운 곳에서 큰 소리가 들렸다.

"야, 뭘 중얼중얼 지껄이고 있어, 뼈라도 추리고 싶으면 조심하라고!"

제석천(釋天)*이라는 별명의 반장 다니구치다.

"일을 제대로 안 하고 게으름 필 궁리만 하려고 하지. 모여서 떠들면서 건방진 의논이라도 해 봐. 내일 하늘도 못 보게 될 줄 알아!"

실세토노 녕하니 있으면 가차 없이 때리고 차기 때문에, 침묵하면서 지치도록 노역을 한다. 하지만 까마귀 눈, 매의 눈을 가진 반장의 그 까다로운 눈이 느슨해지는 틈을 타서 또 같은 대화가 전해진다. 밖에 있는 조로, 또 그 밖에 있는 조로. 나쁜 일은 아니지만 소문은 천 리를 달리고, 단 하루 만에 현장 안으로 퍼져 나갔다.

2

현장이라고 해 봐야 도쿄 마루노우치 빌딩 건축 현장도, 오사카 요도바시 재건축 현장도, 관문 연락선 공사상도 아니다. 지난해 기누가와 수전수원지 공사 때, 세간을 떠들썩하게 한 것보다

---

* 십이천의 하나. 수미산 꼭대기에 있는 도리천의 임금으로, 사천왕과 삼십이천을 통솔하면서 불법과 불법에 귀의하는 사람을 보호하고 아수라의 군대를 정벌한다고 한다.

도 거창하게 다이쇼 시대라는 성황기를 배경으로 홋카이도 기타미 일각 모 강 상류에 수력발전소 토목공사라는 표면상의 이름을 내걸었다. 하지만 실상은 '감옥방'이라는 표현이 훨씬 이해하기 쉬운 세상의 지옥이었다.

여기 있는 나와 같은 운명의 인간은 대략 삼천 명이라고 하는데, 실제 그 인원은 계속 교체되었다. 일에 적합한지 여부나 노동 시간, 영양 상태, 휴식 등은 완전히 무시하고 죽을 만큼 혹독하고 과격한 노동으로, 인간의 노력을 가능한 한 최대로, 가능한 한 단시간에 쥐어짠다. 쥐어짠 인간의 찌꺼기가 픽픽 쓰러져 죽어 가면, 새롭게 사기꾼들에게 유괴당해 끌려오는 인간들이 다시 줄줄이 들어온다.

삼천 명 중에는 어두운 과거의 그림자에 쫓겨서 자포자기하듯 들어오는 이들도 있지만, 많은 경우 학생이나 점원, 직공 등의 어중간한 사람들이나 지방 도시나 농촌에서 성공을 꿈꾸며 훌쩍 대도시로 떠났던 이들이 대부분이었다. 머리는 상당히 우수해서 이론적으로 따지는 것은 잘 알면서도 토목공사 같은 거친 일과는 맞지 않았다.

그래서 압착 기계 같은 방법으로 쥐어짜서는 도저히 견뎌내지 못한다. 아침에 동쪽이 밝아오면 혹사의 막이 열린다. 휴식시간은 잠시도 허용되지 않았고 기진맥진해서 잠깐 손을 느슨하게 하는 것 같으면 지옥의 간수인 우두마두(牛頭馬頭)*의 가차 없

---

* 소의 머리에 사람의 몸을 한 지옥의 옥졸과 말의 머리에 사람의 몸을 한 지옥의 옥졸.

는 철 방망이가 춤을 춘다. 저녁에 겨우 도착하는 숙소는 속박이라는 점에서는 감옥과 비슷하지만 질서나 청결이라는 점에서는 비교할 수 없다. 그래서 '감옥방'이라는 이름은 형무소 쪽에서 제발 쓰지 말아 달라고 할 것이 틀림없다.

쥐어짜낸 찌꺼기 인간의 과로사는 그나마 행복한 편이다. 사회, 즉 속세에서 말하자면 국장(國葬)격이다. 아직 쥐어짤 것이 남아서 어느 정도 생기가 있는 인간은 괴로워서 반항도 한다. 구사일생을 기대하고 도망치려고도 한다. 그런데도 결과는 늘 판에 박은 듯이 '죽음'일 뿐이다. 그 죽음의 형식은 목을 베거나, 칼로 찌르거나, 총살은 오히려 온정이 있는 편에 속한다. 때로는 화풀이로, 때로는 본보기로, 압살, 때려죽이기, 칼이 잘 드나 보려고 토막 내기, 태워 죽이기까지도 한다. 작당 모의를 한 실패자 열대여섯 명이 같이 몰살당한 적도 있었다.

이 세계에서는 남성적인 솔직한 방법이 아무렇지도 않게 자행되므로 사기나 방화, 독살 등의 여성적이고 우회적인 방법은 인기가 없었다. 이 세계에서 양심이나 온정은 죄악이다. 정의와 눈물은 바보 같은 짓이다. 완력, 위협이 도덕이며 인내, 혹은 교활함이 법률이다. 살인, 상해, 능욕, 위협이 일상다반사로 아무 이유도 없이 자행되었고 아무렇지도 않게 처벌되었다. 매음굴에 성도덕이 발달하지 않는 것처럼, 이런 살인을 공인하는 세계에는 탐정 소설이 나올 수 없다.

3

야마다라는 남자는 와세다 대학에 있을 때, 사상의 영향으로 과격한 행동을 해서 도중에 쫓겨났다. 거기에다 여자 문제로 자포자기 상태가 되어서 죽을 작정으로 뛰어 들어온 만큼 만만한 자는 아니었지만 힘만으로 되는 일은 없었다. 사상의 선전으로 해치워 주겠다고 하면서 나에게도 상당히 설교를 하곤 했다. 하지만 학대에는 더 이상 견딜 수 없는 것 같았다.

"온다는 건 언제일까? 하도 많이 들으니까 너무 기다려져서 못 참겠어."

"나도 마찬가지야. 오늘 들었는데, 이삼일 전에 들어온 뒤쪽의 (도쿄 출신 하이칼라) 허연 급사 자식한테 들었는데 의회에서 어떤 별거 아닌 의원이 정부의 흠을 들추려고 상당히 날카롭게 감옥방 건을 가지고 내무 대신한테 덤볐다는군. 책임지기 위해서라도 조사 자료를 모아오도록 관리를 파견할 거래. 어차피 의회 개회 기간 중이니까 그렇게 오래 걸리지는 않을 거야. 하지만 이런 일목요연한 사실을 산도깨비들이 어떻게 속여 넘기려 할지 모르겠는데."

"그 자식들은 만만치 않은 악당 집단이니까 금방 머리를 숙이지는 않겠지만 내가 여기 와서 꽤 기세를 높이도록 선전을 해두었으니 이쪽도 지금처럼 가만히 있지는 않을 거야. 관리 앞에서 맘껏 폭로해 줄 테니까 어떤 조작을 해 봐도 앞뒤가 맞지 않을 거야. 옆 취사장에 있는, 다마노이의 매춘부를 죽인 기무라란 꺽

다리 있잖아, 그 자식도 누가 뭐라고 하더라도 폭로하겠다고 했어. 네다섯 명이 선봉에 서서 말하면 그다음엔 모두 용기를 내서 입을 열 거야. 그렇게 하면 벌집 쑤셔 놓은 거처럼 되는 거지. 위에서 밥 먹는 이삼백 명의 악당 자식들이 허둥지둥해 봤자 소용없을 거야, 목숨을 내놓으면 뭐!"

피해자의 희망, 환희는 학대자의 우려였다. 사람들의 희망이 날이 갈수록 고조되는 것과 동시에 위에서 밥 먹는 무리와 간부들의 처참한 안색은 더욱 심각해졌다. 평소에도 빈틈없던 눈빛은 더 번득이고, 귀는 더 쫑긋 세워졌다.

"오늘도 조장들이 회의실에 모여서 꼼꼼히 뭔가 하는 것 같은데 상당히 오래 걸리네. 제일 성질 나쁘고 잔혹한 악마 조장이요 이삼 일 엄청나게 난폭하다는데 혼자 있을 때는 한숨을 쉰다고 하더라고. 꽤 신경이 쓰이는 모양이야."

"그거야 그 녀석들도 나쁜 짓인 걸 잘 알면서 한 거니까 신경이 쓰이기도 하고 한숨도 나오겠지……그만 입 닥치게, 제석천!"

"어이 어이, 이 자식들 또 게으름 피고 있어! 무슨 소리들 하고 있는 건가, 어이!(야마다를 향해서) 나마 군, 무슨 의논을 하는 건가?"

"아무 얘기도 안 했어요."

"뭐야, 넌 제일 건방져. 기어오르면 가만 안 둔다. 그리고 너희들, 오늘은 특별히 일찍 마쳐서 다섯 시까지로 해 주는데, 너희들 말할 때는 앞뒤 생각 잘 해라. 생각 없이 지껄이면 끔찍한 실수가 될 수 있어. 나중에 우는소리 하지 말고. 평생 갈 목숨, 아깝게 버리지 말라고."

소리치며 노려보더니 어슬렁어슬렁 가 버렸다.

"평생 갈 목숨인 건 맞지만, 그 평생이 평균 삼 개월이야. 늦든 빠르든 마찬가지지."

"그래도 저렇게 으름장을 놓고 쐐기를 박는 건 원래 하던 짓이긴 하지만, 저 자식들도 꽤 자극을 받았나 보네."

"이봐, 그것보다 빨리 마치는 청소라니, 드디어 내일이구만!"

"그래, 나도 아까부터 그 얘기를 하려고 생각했어. 어쨌든 정말 다행이야, 다행, 살았다구!"

이렇게 환희의 빛이 일동의 얼굴에 가득했다.

4

산의 간부 무리는 전날 밤부터 기차가 도착할 백몇 리 떨어진 마을로 마중을 나갔다. 작업장을 지키는 것은 위쪽에서 밥을 먹던 녀석들이었는데 우리에게 붙어 따라다니면서, 배신하면 목숨은 없다고 슬쩍 협박하는 것도 잊지 않았다. 그리고 미간에는 걱정과 반항이 섞인 심각한 분위기가 드러났다. 한편 아래쪽에서 밥 먹는 우리는 몇 개월 동안 이런 느슨한 노동 분위기는 처음이라 오히려 기운이 빠지는 듯 이상했지만 역시 기쁨이 얼굴이나 행동이 나타나는 것을 감출 수 없었다. 특히 야마다의 흥분은 상당히 눈에 띄어서 아무 일 없어야 할 텐데 하는 생각이 들었다.

오전 열한 시경에 망을 보던 사람이 순찰관 일행이 200리 정도 앞에 있는 다섯 그루의 소나무 끝에 보인다는 소식을 전해오자, 거의 만세를 부를 정도의 감격이 솟구쳐 올랐다.

"자, 이제 한 시간 남았다. 겨우 한 시간이야."

개중에는 수염투성이 얼굴 속에 빛나는 두 눈에 눈물이 차오르다 잎새의 이슬처럼 수염을 타고 내려오는 광경도 보였다.

긴장의 한 시간, 희망의 육십 분은 금방 지나고 마중 나갔던 사오십 명의 호위를 받으며 관헌 일행의 마차가 도착했다.

사몬 『검찰관』의 개막은 국왕의 권위를 내표하는 관헌 일행의 도착을 알리는 예복 차림의 사관이 나타나는 장면이었다고 기억한다. 지금은 20세기, 장소는 일본이므로 번쩍이는 금빛 옷이 아니라 검은 예식용 정장에 중절모를 쓴 모습이었는데 외관상 장관인지 부하인지는 구별이 되지 않았다. 산의 주임들은 긴 예복 정장에 실크햇 혹은 중산모자를 쓰고, 조장들도 어울리지 않는 양복 칼라를 갑갑해하면서 딱딱한 모자를 조금 뒤로 젖혀 쓰고 돌아다니며 잔소리를 연발하는 것이 상당히 긴장한 듯 보였다.

이윽고 대략 열 명의 일행이 주임의 안내로, 휴게실이 된 사무소 2층으로 발길을 옮겼다. 그때 순서대로 움직였기 때문에 관리 중의 대장과 그다음 계급들 순서를 알아볼 수 있었다. 대장은 의외로 볼품없이 마른 남자였는데 역시 똑똑해 보이는 날카로운 눈초리를 하고 있었다. 다음 위치는 키는 180센티미터 정도에 풍채가 좋아서 씨름 선수처럼 보이는 인물이었는데 새까만 구레나룻을 길러 매우 당당해 보였다. 단, 왼쪽 가운데 손가락에 두꺼운 황금 반지를 한 것이 이상하게 눈에 띄었다. 그다음 남자는 중간 정도의 키와 체격의 젊은 사람이었는데 차림새나 말투로 볼 때 혼자 나서서 활약하고 싶어 하는 성격이 명확하게 드러났다. 그 뒤로 질서 없이 6, 7명이 따라갔다. 아무래도 권위를 내세울 수 있는 곳에서 실컷 권위를 보이자는 그럭저럭 죄는 없는 무리 같았다.

점심에 어떤 맛있는 식사를 했는지는 모르지만, 작은 뇌물의 의미로 가능한 한 진미를 대접했을 것이다. 이번에는 역시 예전처럼 이상한 여자를 급사로 내보내지는 않았던 것 같다.

오후 한 시에 전원 광장에 집합하라는 명령이 돌았고, 드디어 때가 눈앞에 다가왔다. 야마다는 창백해져서 때때로 물로 입을 적시면서 "자, 갑시다."라며 결연히 말했다.

삼천 명이라고 한마디로 말했지만, 대단한 인원이었다. 요소요소에 위쪽 식당 녀석들을 배치하는 등 조금도 까불지 못하도록 하겠다는 세심한 조치가 취해졌다. 하지만 이삼천 명의 입을 어떻게 막을 것인지 나는 남의 일처럼 걱정이 되어서 까치발을 해서 간부들 쪽을 보았는데 근신의 상징처럼 딱딱하게 굳어 있는 모습이 보였을 뿐이었다.

산의 주임이 일어나서 내무성에서 파견된 오코우치 참사관을 소개하고, 뭔가 불평이나 희망 사항이 있으면 말하라는 명을 받았다고 전한 후에 자리에 앉았다. 오코우치 참사관은 마른 몸에 어울리지 않게 놀랄 만큼 큰 목소리로 훈시를 시작했다. 귀에 잘 들어오는 깔끔한 언변으로 내용도 쉽고 요령 있게 말하는 점은 훌륭해 보였다. 당국에서는 허심탄회하게 실제 사정을 조사하고 보고해 개선될 점이 있다고 인정되면 개선하도록 명할 것이니 기탄없이 말하면 된다, 세간의 소문이 거짓이기를 바란다는 내용이었다.

참사관이 의자에 앉자마자 나 다음으로 세 번째로 온 야마다가 뭔가 말하려고 하자 바로 뒤에서 감시하던 제석천 다니구치가 어깨를 붙잡아 쿡 찔렀다. 그러자 단상 의자에 앉아 있던 두 번째로 높은 지위의 대장부 야마모토 씨가 벌떡 일어나더니 다니구치를 노려보며 힘찬 목소리로 말했다.

"자네는 뭔데, 발언을 방해하는 건가. 지금 참사관 각하가 말씀하신 내용을 못 알아들었나? 그만두게."

위엄 있게 노려보자 한 번에 풀이 죽어 부은 얼굴이 된 제석천을 보니 속이 시원했다. 야마모토 씨는 다시 주임들 쪽을 향해 단호하게 말했다.

"방금 방해한 자가 현장 감독자 측 사람이라면, 이제 더 이상 이런 행동은 자네들에게 오히려 불이익을 줄 거요."

주임과 염라대왕이 기가 죽어 변명처럼 말하려는 것을 듣지도 않은 채, "지금 발언자, 기탄없이 말하시오."라고 덧붙였다.

여기에 기세를 더한 야마다는 감격에 차 거침없이 말했다. 얼마나 비도덕적이고, 잔혹하고, 비참한지를, 실례를 하나하나 들면서 호소했다. 모두 야마다가 우리를 대표해서 얘기해 주는 것에 긍정적인 기운이 가득했다. 계속해서 매춘부를 죽인 기무라도 예상대로 발언했는데, 야마다만큼 말을 잘하지는 않았다. 하지만 증거로 면밀한 예시를 드는 부분에서 모두 "맞아, 그래, 잘 한다!"라며 감탄했다. 물론 진술은 담당자가 한 마디도 놓치지 않고 속기하고 있었다. 한편 주임 등은 상당히 기세가 꺾여 있었다.

기운을 얻어서 7, 8명이 계속해서 호소했고, 끝난 것은 오후 3시가 다 되어서였을 것이다. 그리고 참사관이 일어나서 대충 내용은 파악했다며 또 뭔가 다른 새로운 내용은 없는지를 물었다.

모두가 절규하며 외친 다음이었지만 별다른 새로운 내용은 없으므로 아무도 말을 하지 않았는데, 한 18, 9세 정도의 젊은이가 나서서 별다를 것 없는 내용이었다. 도호쿠 지방 사투리로 줄줄 말하고 있을 때……, 바로 그때였다.

단상 위 자리에서 벌떡 일어난 오고우치 참사관 각하가 깨진 종처럼 커다란 목소리로 외쳤다.

"닥쳐! 똑같은 소리를 지겹게도 하는구만!"

젊은이는 순간 얼어붙었고, 모두 입을 벌린 채 어안이 벙벙해서 멍하니 있었다. 기침 소리 하나 들리지 않았다.

"닥치라구, 시끄러운 파리 새끼들아. 뭐야, 할 말은 그게 다냐? 한심한 소리를 똑같이 구시렁거려서 귀가 피곤하네. 이렇게 너희들은 이 산에서 이 산을 비방하면 괜찮을 줄 알아? 산에도 구스노키나 제갈공명 같은 책략가가 있어서 불순분자들을 찾아냈다. 나는 참사관도 아무것도 아니고, 다카마 하쓰쿠라라고 하지. 너희들 중에 좋지 않은 음모를 꾸미는 녀석이 있다고 해서 가짜 관리 행세로 한 방 먹여 주려고 했는데 눈치도 못 챘지? 지혜도 없는 것들이 입만 살아서 나불거리고 말이야. 이제 곧 그 혀를

뿌리부터 뽑아 줄 테니 기다려 봐. 지금 너희들이 말한 내용은 전부 속기로 기록했으니까 거기에 대한 변명은 또 얼마든지 생각할 수 있을 거야. 바보 같은 자식들."

야마모토 씨도 일어나 소리쳤다.

"짐승 같은 것들, 입만 살았지 힘도 없고 지혜도 없지. 꼴 좋다, 이봐, 엄마! 지금 따귀 친 자식들 중얼거리지 못하게 본보기로 보여주게, 빨리 처리해 버려."

5

야마다를 시작으로 일곱 명의 운명은 물론 어떤 의심을 품을 여지도 없이 간단하고 문제 없이 지극히 남성적으로 명백하게 처단되었다.

일주일 후에 내무성 참사관 일행이 도청 경찰 부장을 선두로 나타났을 때는 기운 없이 위축된 피학대자들이 의혹에 찬 차가운 시선으로 바라보았을 뿐, 한 마디의 불행도, 한 조각 희망도 들을 수 없었다. 참사관 일행들은 그대로 철수했다.

본청에는 다음과 같은 보고가 올라갔다.

"세간에서 말하는 것처럼 소위 감옥방에서 참혹한 학대 행위는, 조사 결과 인정되지 않는다."

『신청년』 1926년 3월호 발표

에른스트 만델(Ernest Mandel)이 『즐거운 살인』에서 말하듯 추리소설 혹은 탐정소설은 이성과 과학으로 무장한 탐정을 통해 어둠 속 사건에 '계몽'의 빛을 던져 그 전말을 밝히는 부르주아적 합리주의를 반영하는 장르이다. 근대라는 시대에 의혹을 품은, 이성과 동시에 기괴함이 공존하는 모순적 장르라는 것이다. 의심스러운 발자국을 따라가 끝에 다다르는 곳에는 합리적 해결이 기다리고 있다는 목적론적인 구도가 본격 추리소설에는 일반적이다.

사건의 결말이나 해답보다 미스터리의 심연에 무게를 둔 작품들

하지만 사건의 결말이나 해답보다 미스터리의 심연 혹은 문체의 결 자체에 무게 중심을 두는 작품들이 있다. 탈출구로 보이는 빛나는 문에 도달하더리도 지나온 미로의 깊이는 메워지지 않는다. 그 문을 과연 출구라고 부를 수 있을까? 어쩌면 그것은 정식 통로가 아니라, 혼돈의 시간 속에서 질식하지 않도록 도와주는 비상구와 같은 문, 문고리를 잡는 순간 사라질지도 모르는 신기루의 문일지도 모른다. 문을 열었지만, 다시 돌아가야 할 것처럼 해결되지 않는 심연이 뒤에 남아 옷자락을 잡아끄는 기분을 느끼게 하는 소설들이 있다면, 텍스트 내에서 해결된 것은 과연 무엇일까.

하나의 케이스에 대한 흥미와 의문을 품었던 논리적 화자가 특정 시간과 공간 속 구체적 사실의 인과 관계를 규명해 냈지만, 사건의 전말이 사회적 구조나 인간의 내면에 대한 허무감을 남기기도 한다. 그로테스크라는 관점이 인간 행위를 공허한 마리오네트 극으로 보는 냉정한 시선에서 나온다는 볼프강 카이저의 지적처럼, 우리가 이성에 의한 현실적 해결책이 도달할 수 없었던 공허한 우주, 혹은 소외된 인간의 세계를 만나게 되는 이야기들이 추리라는 장르 안에도 있다. 여기에 실린 소설들이 그리는, 해결 후에 '생경해지는' 세계는 그 연장선상에서 논할 수 있을 것이다.

'소설의 마술사' 수식어로 불린 히사오 주란

이 책에는 히사오 주란(久生十蘭, 1902.4.6.~1957.10.6.), 마키 이쓰마(牧逸馬, 1900.01.17.~1935.06.29.), 하시 몬도(羽志主水, 1884.06.03.~1957.02.26.)의 단편소설을 수록했다. 히사오 주란의 작품은 1930년대에서 전후에 걸쳐 집필된 소설들을 위주로 소개한다. 「호반(湖畔)」은 『문예』 1937년 5월호에 게재되었으며,

「햄릿(ハムレット)」「『신청년』1946년 10월호에, 「나비 그림(蝶の 絵)」은『주간 아사히 기록문학 특집』1949년 9월호에 발표된 작품이다.

마키 이쓰마의 소설은 「사라진 남자(上海された男)」(『신청년』 1925년 4월호 발표)와 「춤추는 말(舞馬)」(『신청년』 1927년 10월호 발표) 두 작품이 실려 있다. 마지막에 실린 작품은 하시 몬도의 「감옥방(監獄部屋)」으로『신청년』1926년 3월호에 발표되었다.

히사오 주란의 대표작 중 하나인 「호반」의 초판에서는 주인공이 아내를 가두는 장면 등 네 군데가 복자 처리되어 발표되었다. 1947년에『모던 일본』요미모노 시리즈 제1권 탐정 스릴집에 이 부분을 복원한 원고를 다시 실었고 수정, 변경되었다. 그리고 1952년에 시대물 「스즈키 몬도」로 제26회 나오키상을 수상한 히사오 주란은, 같은 해 대폭 수정한 개정판 「호반」을『올 요미모노』4월호에 발표했다. 이 개정판은 같은 해 9월에 문예춘추신사에서 간행된 단행본에 수록되었는데 그때 다시 수정되었다. 현재 일반적으로 유포되는 「호반」은 여러 차례 수정을 거친 이 버전이며, 이 번역서 또한 이 단행본의 원고를 저본으로 하였다.『신청년』1946년 10월호에 발표된 「햄릿」은 1969년에 간행된 산이치쇼보사의 전집을, 「나비 그림」은『주간 아사히 기록문학 특집호』1949년 9월호에 발표된 초판을 저본으로 번역했다.

'소설의 마술사'라는 수식어로 불리는 히사오 주란이 남긴 추리소설은 20여 편에 지나지 않지만, 독자를 환상과 현실 사이에서 흔들리게 하는 여러 작품을 통해 지적으로 세련되면서도 때로는 섬뜩한 미의식의 세계를 선보였다.

1920년대 이후 연극 분야에서 희곡 집필 및 연출 등 활발한 활동을 보인 히사오 주란의 연극에 대한 관심은 그의 단편 소설에도 흔적을 남겼다. 히사오 주란의「햄릿」은 이탈리아의 극작가 루이지 피란델로(Luigi Pirandello, 1867~1936)의「헨리 4세」(1922)의 구도를 떠올리게 한다. 소설의 배경은 1946년 여름으로, 어느 고원 피서지 호텔의 베란다와 안개 낀 밤의 별장 난롯가에서 아름답게 빛나는 백박에 하처럼 고고히고 가냘픈 노인에 대한 소문이 화제에 오른다. 가장무도회에서 헨리 4세로 분장했던 남자가 낙마해 머리를 다친 후부터 자신이 헨리 4세라고 믿게 되는 피란델로의 작품처럼, 히사오 주란의「햄릿」에는 무대 추락사고 이후 자신이 햄릿이라고 생각하며 살아가는 인물이 등장하는데 그가 바로 화제의 노인이다.

셰익스피어 극에 몰두해 있는 일본인이라는 설정은 피란델로의 작품이 다루는 문제에 또다른 색을 입힌다. 근대 일본에서 셰익스피어 작품 번역은 일본 사회의 서구적=근대적 문화로의 이행을 상징하는 중요한 사건이었다. 19세기 말 근대기로 진입하는 시기의 젊은 문학자들은 고뇌하는 '근대인의 내면'을 햄릿의 독백에서 엿보았고, 이에 높은 관심의 시선을 쏟았다. 문호 모리 오가이(森鷗外), 기타무라 도코쿠(北村透谷)나 시마자키 도손(島崎藤村) 등의 작품에서도 그 흔적을 찾을 수 있다.

히사오 주란의「햄릿」은 20세기 근대인의 내면 찾기라는 욕망이 아시아태평양전쟁과 전후를 거치며 이익 추구를 향한 타인의 욕망에 의해 가로막히는 이야기를 그린다. 이 소설에서 자신을 잃어버렸던 햄릿은 방공호의 폭발과 함께 다시 세상으로 귀환한다. 하지만 패전 후 GHQ 통치기를 거치며 새로운 국가상을 타성적으로 세워간 일본처럼, 이 이야기 속 햄릿의 귀환 또한 주체성이 결여되고, 따라서 새로운 인간으로서 부활은 기대하기 어렵다. 그는 그저 아름다운 노인으로 늙어갈 뿐이다.

1937년 작 「호반」, 1949년 작 「나비 그림」에는 모두 이기적이면서 자의식이 강한, 귀족 출신의 주인공들이 등장한다. 그들이 거주하는 호화로운 저택에는 고용인들이 시중을 들며 주인공들의 우아한 일상이라는 특권을 뒷받침한다. 유학 후 외모에 대한 콤플렉스를 가진 주인공이 아름다운 아내와 결혼 후 그의 콤플렉스에 기인한 성격적 결함, 폭력성 등으로 아내 살해라는 비극적인 사태를 만들지만, 이 사건은 보이는 것이 전부가 아니었다. 죽은 것으로 알려진 아내와 주인공이 진짜 살해한 사람은 누구인지를 쫓는 내러티브가 흥미로우면서도 끝까지 의심의 그림자를 거두지 못 하게 하는 작품이다. 느티나무에 시체를 매달고 '훌륭한 예술작품이라도 완성한 듯' 바라보는 일그러진 미의식이 마지막을 장식한다.

「나비 그림」은 1940년대 말, 전쟁에서 돌아온 한 청년에 대한 의혹을 그린다. '오데온의 하늘색 라벨이 붙은 고색창연한 레코드'를 통해 흘러나오는 〈마리포사(나비)〉라는 곡의 희미한 노랫소리처럼 매혹적인 야마카와는, 여학생들에게 '비에 맞으면 녹아서' 사라질 거라는 걱정을 자아내는 유약하고 감성적인 화족 청년이다. 그를 둘러싼 족벌 네트워크는 전쟁터에서 그가 살아 남도록 모든 권력을 동원했지만, 전쟁의 폭력을 묵인하고 이용 하다가 겨우 빠져나오는 시간 속에서, 그의 영혼은 소설 속 나비 그림처럼 위태로워지고 결국 나비 날개의 가루처럼 가볍게 날 아오른다.

개인과 사회의 접점에서 돌출된 폭력성을 다룬 작가들

마키 이쓰마의 「사라진 남자」는 『신청년』 1925년 4월호에 처음 발표된 단편이다. 『신청년』 1927년 10월호에 실린 「춤추는 말」은 일본의 전통 목조 가옥에서 피어오르는 연기를 배경으로 에도 시대의 서민적 정서를 반영하는 인정물의 통속적 향기를 뿜어낸다.

이와 대조적으로 「사라진 남자」는 코스모폴리탄으로서 무국 적 세계에 대한 로망을 지닌 인물과 그가 떠돌고 있는 망망대해 가 무대로 펼쳐진다. 두 작품은 모두 각각 두 명의 인물이 이야 기 속 세상에서 사라지며, 그들과 반대로 세상에 남는 자들은, 사라진 이들이 모르던 거대한 구조와 그것이 지닌 힘을 파악하 고 이를 조종하는 이들이다.

하시 몬도의 「감옥방」은 『신청년』 1926년 3월호 발표된 작품 이다. 이 작품은 고바야시 다키지(小林多喜二)가 1929년에 발표 한 사회주의 소설 명작인 「게공선」에 앞서 집필되었다. 지옥 같은 작업장에서 「감옥방」의 노동자들은 가혹한 노동에 시달린다. 분노한 노동자에게 그들의 상황을 외부에 알릴 수 있는 드라마틱한 복수의 찬스가 마침내 찾아온다. 그리고 다시 오지 않을 이 마지막 기회를 이용하기 위해 처절한 용기를 짜내는데, 그들을 기다리던 것은 미처 읽지 못한 또 다른 판, 권력 구조를 유지하기 위한 하나의 각본이었다.

1910년대에서 1920년대 초반에 걸쳐 등장한 다이쇼 교양주의는 근대적 '인격'의 등장이라는 문화적 흐름으로 요약되며, 그 배경에는 이러한 특권 계층이 향유해 온 문화가 저변 확대되는 과정이 있었다. 1920년대는 일본어 문학이 신흥 사조인 프롤레타리아 문학과 신감각파 유래의 모더니즘 문학을 낳는 중요한 분기점이었다. 이후 본격적으로 등장한 사회주의 문학은 다이쇼 교양주의를 토대로 형성된 개인의 인격 차원에서 사회 집단의 계급 차원으로 시점이 이동되었다. 마키 이쓰마와 하시 몬도의 작품들은 1920년대의 본격 사회주의 소설로 주목받지 않았지만, 대중적인 장르인 추리의 형식을 도입해 가혹한 노동의 현실과 착취를 둘러싼 권력 구조의 문제를 그린 점은 매우 주목할 만하다.

앞서 살펴본 것처럼 이 책에서 소개하는 히사오 주란의 작품들은 공통적으로 화족의 문화적 정서를 배경으로 한다. 근대로 진입하던 19세기 말부터 20세기 초반 일본에는 서구의 문화적 세례를 탐할 수 있었던 '화족'이라는 귀족 계층이 있었다.

1869년의 신분제 개혁의 과정에서, 구 에도 시대의 고위 관료 및 영주들을 새롭게 명명하면서 탄생한 화족은 1947년 평등의 이념을 내건 발효로 그 이름이 사라지기까지, 세습과 정략적 결혼을 통해 부와 권력을 향유하던 일본의 대표적 기득권층이었다. 히사오 주란 작품에 자주 등장하는 화족들에게는 20세기 초반 유럽으로 유학이나 여행이 자연스럽고, 그리스 고전 양식이나 아르누보 양식으로 장식된 서구식 저택에서 집사와 시종들을 두고 생활하며, 취미로 셰익스피어 극을 상연한다. 그들의 미의식은 하시 몬도나 마키 이쓰마가 그리는 세계와 계급적 대립을 기반으로 형성된 지적이고 우아하면서도 폐쇄적이다.

히사오 주란의 1930년대 작품 「호반」이 작품 내의 미스터리적 내러티브 구조와 캐릭터 고유의 인격적 균열로 인한 그로테스크한 미학을 중시한다면, 패전 후 작품인 「햄릿」과 「나비 그림」은 일본이 수행한 전쟁의 그림자가 개인적 인격 세계를 넘어 집단적 규모로 개인의 삶을 흔들고, 윤리적 파탄을 초래하는 구도를 드러낸다.

프랑코 모레티(Franco Moretti)는 「공포의 변증법: 경이로움의 징후들」에서 범죄가 개인적 차원이 아니라 집단적이고 사회적 차원의 행위가 될 수 있다는 의혹을 제거하기 위해 탐정소설이 존재한다고 말한다. 범죄는 불특정 다수에 의해서가 아닌 개인에 의한 예외적이며 특수한 행위라는 것이다. 하지만 범죄나 미스터리는 사회 속에서 길러진 개인에 의해 창출된다. 이해할 수 없는 미로의 출구를 찾아가는 독자들은 등장인물들이 밟고 지나간 디딤돌의 배치와 그들이 잡았던 문고리가 결코 개인적 산물이 아님을 안다. 이 책에 수록된 1920년대에서 1940년대에 걸친 세 작가의 소설들은 서로 다른 미의식과 밀도로 개인 혹은 특정 집단의 특수성이 사회와 접점에서 돌출시키는 폭력을 둘러싼 베일을 걷어낸다.

히사오 주란(久生十蘭)

1902년   (0세) 4월 6일 홋카이도 하코다테시에서 태어났다. 본명은 아베 마사
　　　　　오. 아버지는 그가 두 살 때 사망하여 해운업을 하는 숙부 집에서 자랐
　　　　　다. 어머니는 소게쓰류 꽃꽂이 사범이었다.
1908년   (6세) 하코다테시 야요이 보통소학교에 입학.
1915년   (13세) 4월 하코다테 중학교에 입학. 상급생 중에 마키 이쓰마가 있었
　　　　　다. 중퇴했으니 정확한 시기는 불명. 중퇴 후에 도쿄 및 가마쿠라를 떠
　　　　　돌며 문학서를 탐독했다.
1919년   (17세) 4월에 도쿄 다바타 성학원중학교에 편입 후, 중퇴. 귀향하여 마
　　　　　키 이쓰마의 숙부가 경영하는 하코다테 신문사에 입사했다.
1922년   (20세) 연극에 흥미를 품고 2월에 하코다테 소극 연구회 공연 '의사 도
　　　　　반의 목'과 동화극 발표회에 출연. 누나 테루코도 연극에 열중했다.
1923년   (21세) 소극 연구회와 동화연구회를 모체로 한 '하코다테 문예생사(社)'
　　　　　가 결성되어 그 동인으로 참여.
1924년   (22세) 1월에 『생(生)』이 창간되면서 시를 발표. 다음 해 8월에는 같은
　　　　　잡지에 희곡 「구로베의 최후」를 발표.
1928년   (26세) 박쥐좌를 결성하여 연극에 대한 열정은 더욱 타올라 하코다테
　　　　　신문사를 퇴사. 9월에는 먼저 기시다 쿠니시 문하에 들어간 친구 사사

키 테츠노스케를 찾아 상경하여 기시다 문하에서 연극을 배우고 히시카타 요시의 연출 조수로 활약했다. 10월에 기시다 주재로 『비극 희극』이 창간되어 편집을 담당.

1929년 (27세) 3월, 5막 희곡 「골패 놀이 도미노」를 『비극 희극』에 발표. 11월에 시베리아를 경유하여 프랑스로 건너가 12월에 파리에 도착했다. 그후 귀국할 때까지 프랑스 체류 중의 상세는 불명. 파리 국립 공예 학교에서 렌즈공학을 배움. 어머니도 파리에 방문하여 일 년간 체재. 연출가 샤를 뒤랑 밑에서 연극을 배움. 재불 2년째 노이로제에 걸려 남프랑스에서 요양. 몬테카를로 카지노에 다니는 등 프랑스 각지를 여행.

1933년 (31세) 5월 이전에 귀국하여 신쓰키지극단 연출부에 들어가지만 곧 극단에서 배척당함.

1934년 (32세) 1월부터 8월까지 『신청년』에 「논샤란 여행기」를 연재. 4월에는 「오셀로」 연출 담당. 십월에 「몰아넣기」 발표.

1935년 (33세) 1월부터 6월까지 「30분 회견기」, 7월부터 12월까지 첫 소설 「황금 둔주곡」을 『신청년』에 연재. 2월에는 기시다 구니시의 「직업」 연출 담당.

1936년 (34세) 4월에 기사다의 추천으로 메이지대학 문예과 강사가 되어 연극론을 강의. 1월에 「의용화 백란야」를, 7월부터 11월까지는 「금빛 늑대」를 『신청년』에 발표. 처음으로 히사오 주란이라는 필명을 사용했다.

1937년 (35세) 「검은 수첩」, 「호반」, 장편 『마도』를 발표. 스베스톨 알란 작 『판토마』, 『제2 판토마』, 르루 작 『르레타비유』, 『제2 르레타비유』를 발표.

1938년 (36세) 쥘 로망 작 「크녹」의 문학좌 시연회 연출 담당. 12월에 우치무라 나오야 작 「추수령」을 기시다 구니시와 공동 연출. 같은 해에 「요술」, 「하나타바초 일번지」, 복면 작가 명의로, 「전쟁터에서 온 남자」, 「신판 핫켄덴」, 「자객」, 「몬테카를로의 속옷」 등을 발표했다.

1939년 (37세) 1월부터 12월까지 연작 장편 「캬라코 씨」를, 1월부터 다음 해 7월까지 「아고주로 수사 일지」를 연재. 「바다표범의 섬」, 「요의기」, 「무」, 「묘지 전망정」, 「곤충 그림」, 「지하의 동물 나라」, 보아고베 작 「철가면」, 「카이젤 백서」, 「아기」 등을 발표. 7월에는 「캬라코 씨」로 제1회 신청년상을 수상했다.

1940년 (38세) 1월부터 8월까지 「히라가 겐나이 수사 일지」, 「신리의 계곡재」, 「아가씨 마을의 아가씨들」, 「심리의 계곡」, 「홍화화력」, 「흰 표범」 등을 발표. 12월에 『여성의 힘』 간행.

1941년   (39세) 동청좌 공연을 위해 「하마목면」, 「거미」, 「아침해」 집필. 「일본수 뢰정」, 「생령」 등 발표. 4월에 『아고주로 평판 수사일지』 간행.

1942년   (40세) 1월에 무대좌 공연에 자작 「권적운」을 연출. 2월 기시다 구니시가 대정익찬회 문화부장으로 취임하면서 문화부 촉탁으로 근무. 7월에 다이부쓰 지로 부부의 소개로 미쓰타니 유키코와 결혼. 「화적어」, 「미카사의 달」, 「파나마」, 「견미 일기」 등을 발표. 12월에 『히라가 겐나이 수사 일지』를 순요도에서 간행.

1943년   (41세) 보도반원으로 남방에 파견됨. 11월에 남방에서 행방불명을 알리는 전보가 도착했지만 다음 해 1월 무사함이 판명되었다. 이 해에 「아메리카 토벌」, 「진복사 사건」을 발표, 6월에 『기누우에 인주』을 디이도 쇼보에서 간행.

1944년   (42세) 2월에 귀국. 「폭풍」, 「제0특무대」, 「흰 천」, 「소년」, 「신 잔혹이야기」 등을 발표. 가을에 형수댁으로 피난. 7월부터 12월까지 「내지에 인사를」을, 10월부터 다음 해 3월까지 「요무비행」을 연재.

1945년   (43세) 5월부터 「할아버지」를 홋카이도신문에 연재. 8월에 아이즈 와카마쓰로 재피난.

1946년   (44세) 「남부의 비뚤어진 코」, 「행복이야기」, 「화투 놀이」, 「햄릿」, 「황천에서」 등을 발표. 2월부터 12월까지 「황제 슈지로 3세」를 연재. 조시에 있던 형수댁으로 다시 이사.

1947년   (45세) 「수초」, 「어머니」, 「부레 샤노아느 사건」, 「학 냄비」, 「예언」 등을 발표. 1월부터 다음 해 8월까지 「무」를, 7월부터 다음 해 1월까지 「스타일」을 연재. 「마루야마루의 누각 주인 살인 사건」이 「오누마 동반자살 사건」이라는 타이틀로 영화화. 2월에 『볏집 나르기』를 다카노미야 쇼보에서, 9월에는 『금빛 늑대』를 신타이요사에서 간행. 12월에 가마쿠라로 이사함.

1948년   (46세) 「프랑스 백작 N·B」, 「유골」, 「유모레스크」, 「귀족」 등 발표. 1월부터 6월까지 「어머니」를, 1월부터 7월까지 「황제 슈지로」를, 4월에서 8월까지 「여기에 샘이 있다」를 연재. 9월에 신타이요사에서 『마도』 간행.

1949년   (47세) 「춘설」, 「A섬에서 온 편지」, 「카스토리 실록」, 「부활제」, 「바람축제」, 「삼계만령답」, 「나락한 황녀의 각서」 등 발표. 1월부터 다음 해 8월까지 「황혼일기」를, 10월부터 다음 해 5월까지 「얼음 정원」을 연재.

12월에 고단샤에서 『무』 간행.

1950년 (48세) 「노아」, 「승부」, 「요부 앨리스 예담」, 「무월 이야기」, 「신서유기」 등을 발표. 6월에 『아고주로 수사 일지』 상하권을 이와타니서점에서 간행.

1951년 (49세) 「시나노와 하마지」, 「돼지와 사슴과 나비」, 「브란스 사건」, 「남극기」, 「구슬 뺏기 이야기」, 「스즈키 몬도」, 「포말의 기록」 등을 발표. 1월부터 6월까지 「십자로」를 연재.

1952년 (50세) 「우스유키 이야기」, 「주키치 표류기문」, 「달그림자 이야기」, 「사망통지」, 「표류기」, 「미국 횡단철로」, 「설원도주기」 등을 발표. 1월에는 「스즈키 몬도」로 제26회 나오키상 수상. 1월에 아사히 신문사에서 『십자로』, 3월에는 『히라가 겐나이 수사 일지』를 슌요도에서, 9월에 『우스유키 이야기』를 문예춘추신사에서 간행.

1953년 (51세) 1월에서 6월까지 「우리 집 낙원」을 연재. 「재회」, 「가려진 사람」, 「천국으로 오르는 입구」, 「면죄 청원」 등을 발표.

1954년 (52세) 1월에서 10월까지 『진설철가면』을, 「모자상」을 2월 26일부터 28일, 10월부터 다음 해 3월까지 『당신도 나도』를 연재. 「바다와 인간의 싸움」 등 발표.

1955년 (53세) 3월에 뉴욕 해럴드트리뷴지 주최 제2회 국제 단편소설 콩쿠르에서 「모자상」이 일등 입선. 요시다 겐이치 번역으로 갈리마르사 간행 『54편의 세계명작 단편소설집』에 실림. 「개화과 괴멸」, 「심한 연기」 발표. 10월부터 다음 해 4월까지 「우리들의 동료」를 연재. 7월에 『애정회의』(『우리 집 낙원』으로 제목 변경)를 가와데 쇼보에서, 10월에 『모자상』을 신초사에서, 12월에 『당신도 나도』를 마니이치 신문사에서 간행.

1956년 (54세) 「구름 낀 작은 길」, 「참혹하구나」, 「봄의 산」, 「하나의 구라사와」, 「불멸의 꽃」 등을 발표.

1957년 (55세) 「설간」, 「여송의 항아리」를 발표. 4월에서 8월까지 「살색 달」을 연재. 희곡 「상복」 발표. 6월 20일에 암병원에 입원하여 10월 6일에 식도암으로 사망했다. 12월에 『살색 달』을 중앙공론사에서 간행.

1969년 11월부터 다음 해 6월까지 『히사오 주란 전집』 전 7권을 산이치쇼보에서 간행.

(야마다 아키오 편 「히사오 주란 연보」 참조)

마키 이쓰마(牧逸馬)

1900년　(0세) 1월 17일 니가타현에서 태어났다. 홋카이도 하코다테시에서 성
　　　　장. 본명은 하세가와 우미타로. 다니 조지, 하야시 후보 등의 필명을 사
　　　　용함. 하코다테 중학교를 중퇴하고 단신으로 도미. 오베린 대학교, 오
　　　　하이오 노던 대학교 재학시에 조리사, 학교 심부름꾼 등으로 근무했다.

1924년　(24세) 귀국. 마쓰모토 야스시(다이) 부부와 알게 되어 「탐정 문예」에
　　　　참가함.

1925년　(25세) 다니 조지라는 필명으로 『신청년』에 「메리켄 잽」물 발표. 신선
　　　　한 스타일의 작품이라는 호평을 받았다. 『탐정문예』에 「구기누키 도키
　　　　치 수사 비망록」을, 『신청년』에 사라진 남자(卜海きれた男) (1925년 4월
　　　　호 발표) 등을 발표.

1926년　(26세) 「다미 씨의 사랑」 발표.

1927년　(27세) 『신청년』에 「춤추는 말」을 발표. 미국으로 건너가 체험한 생활
　　　　경험을 바탕으로 미국식 단편 소설의 맛을 더한 독특한 작풍을 선보였
　　　　다. 이 해부터 하야시 후보의 필명을 사용. 「신판 오오카 정담」이 좋은
　　　　반응을 얻었고, 그 속편에 해당하는 「단게 사젠」이 그 후 압도적인 인
　　　　기를 모았다.

1935년　(35세) 6월 29일에 사망.

하시 몬도(羽志主水)

1884년　(0세) 6월 3일 나가노시에서 출생.

1910년　(26세) 도쿄 제국대학 의학부 졸업. 그후 니혼바시에서 개업. 라쿠고,
　　　　고센류 등 에도풍의 취미를 즐김.

1925년　(41세) 8월에 『신청년』에 발표한 「파리 다리」는 독일 기밀 계획을 훔쳐
　　　　내어 살해된 자의 유류품에서 기생충 알이 붙은 파리 다리를 발견, 일
　　　　본인임을 추정해내는 이야기이다.

1926년　(42세) 『신청년』 3월호에 발표한 「감옥방」은 결말의 의외성과 트릭의
　　　　묘미, 간결한 묘사가 당시로서는 매우 뛰어난 작품으로 평가됨. 우수
　　　　한 단편 소설일 뿐 아니라, 감옥방에서 일하는 사람들을 포함한 사회

적 문제와 노동 문제의 약점을 정면에서 다룬 작품으로, 일본 탐정소설 중 이 정도의 사회성을 담은 작품은 그 예를 찾기 어렵다. 같은 해 12월호에는 「에치고 사자」를 발표. 화재로 인한 죽음의 자살, 타살설을 둘러싼 경찰 서장과 검사의 대립을 그리면서 의학적인 추리를 더한 작품이다. 이 작품을 마지막으로 작가로서 그의 소식은 끊겼다.

1957년　(73세) 2월 26일 사망.

⊙ 옮긴이 **이선윤**

홍익대학교 게임학부 조교수. 근현대문학, 예술철학, 미학, 문화연구.
이화여자대학교 철학과, 고려대학교 일어일문학과 졸업 및 동대학원 석사. 일본
도쿄대학 총합문화연구과 석사 및 박사. 주요 저역서로 『괴물과 인간 사이-아베
고보와 이형의 신체들』(그린비, 2015), 『21世紀に安部公房を読む 水の暴力性と流
動する世界』(勉誠出版, 2016), 『내 어머니의 연대기』(역서, 학고재, 2012) 등이 있다.

나비 그림

초판 1쇄 인쇄 2020년 6월 12일
초판 1쇄 발행 2020년 6월 19일

지은이 히사오 주란·마키 이쓰마·하시 몬도
옮긴이 이선윤
펴낸이 이상규
주 간 주승연
디자인 엄혜리
마케팅 임형오

펴낸곳 이상미디어
출판신고 제307-2008-40호(2008년 9월 29일)
주소 (우)02708 서울시 성북구 정릉로 165 고려중앙빌딩 4층
전화 02-913-8888, 02-909-8887
팩스 02-913-7711
이메일 lesangbooks@naver.com

ISBN 979-11-5893-101-8 04830
         979-11-5893-073-8 (세트)